星月夜の鬼子母神

篠　綾子

集英社文庫

目次

人物相関図

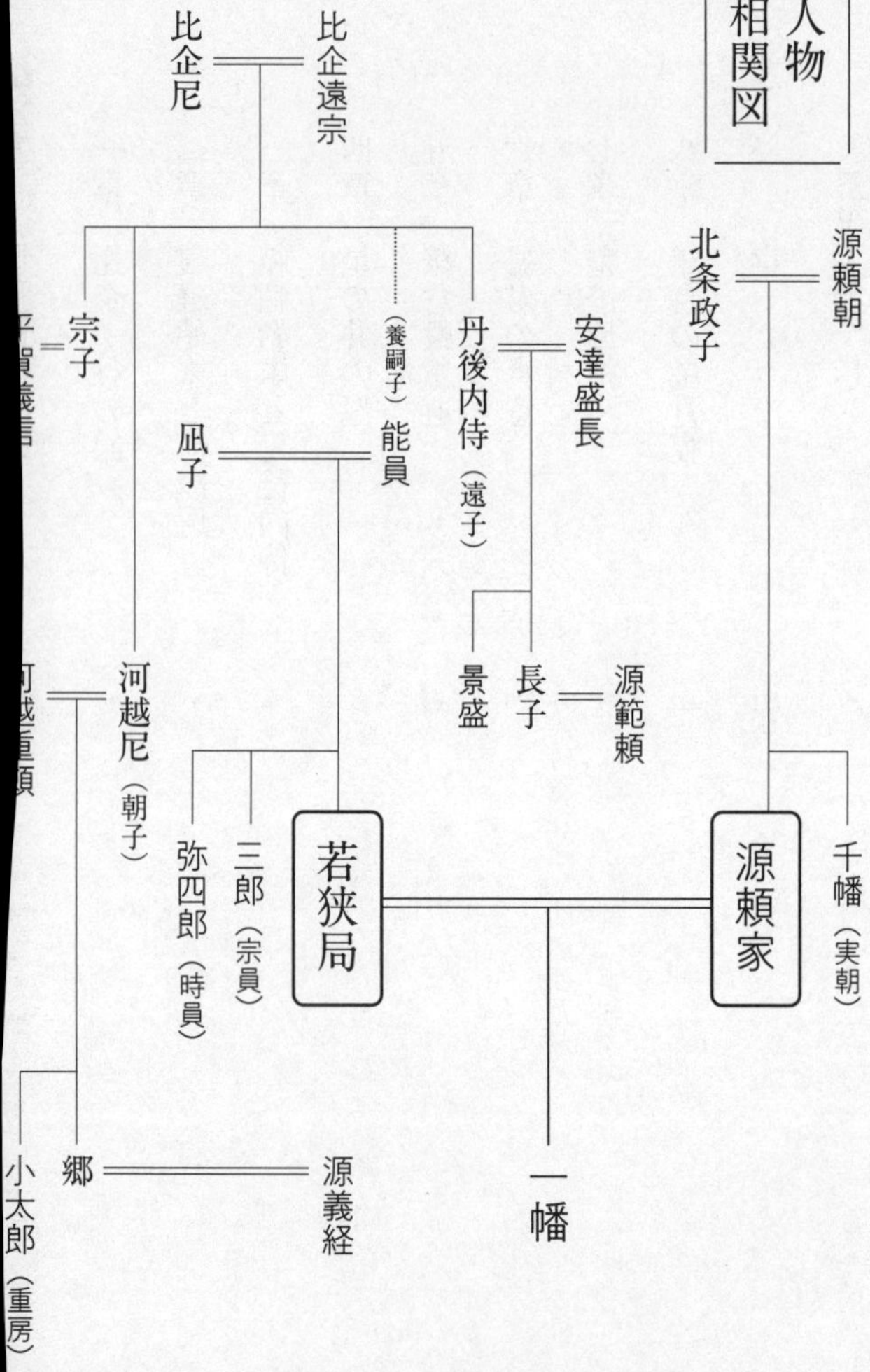

比企遠宗
比企尼
源頼朝
北条政子
安達盛長
丹後内侍（遠子）
（養嗣子）能員
凪子
宗子
平賀義信
河越尼（朝子）
河越重頼
源範頼
長子
景盛
源頼家
千幡（実朝）
若狭局
三郎（宗員）
弥四郎（時員）
一幡
源義経
郷
小太郎（重房）

登場人物

若狭局…………比企能員の娘。二代目鎌倉殿となった源頼家の妻。幼名は早苗。

比企能員…………鎌倉幕府御家人の一人。比企尼の養子。

比企尼…………源頼朝の乳母。三人の娘がいる。

丹後内侍…………比企尼の長女。名は遠子。安達盛長の妻。

河越尼…………比企尼の次女。名は朝子。河越重頼の妻で、源頼家の乳母。

源頼家…………源頼朝と北条政子の息子。二代目鎌倉殿。幼名は万寿。

北条政子…………北条時政の長女で、源頼朝の妻。頼家と千幡（実朝）の母。

北条義時…………北条時政の息子で後継者と見なされている。妻は比企氏出身の姫の前。

北条時連…………北条時政の息子。後に名を時房と改める。

阿波局…………北条時政の娘。千幡の乳母。

阿野全成…………源頼朝の異母弟で、義経の同母兄。妻は阿波局。

明朝体＝女性
ゴシック体＝男性

星月夜の鬼子母神

一章　比企ヶ谷の館

一

文治《ぶんじ》四（一一八八）年の初夏。

都で力を振るっていた平家一門が壇ノ浦《だんのうら》で滅び去って三年、源頼朝《みなもとのよりとも》が居を定めた鎌倉は日を追うごとに人が集まり、美しい町並みが整えられつつあった。

早苗《さなえ》は後ろに海を控えた大通りに立ち、まっすぐ続く道の前方を見つめた。息を吸い込めば、故郷の武蔵国《むさしのくに》では嗅ぐことのできなかった潮の香りがする。

「こんなに広い道は初めて見たわ」

早苗が感動して言うと、

「若宮大路《わかみやおおじ》というそうでございますよ、姫さま」

と、乳母《めのと》の津留《つる》が答えた。

早苗は頼朝に仕える御家人で、武蔵国比企《ひき》郡に所領を持つ比企能員《よしかず》の娘である。それまでは比企郡で暮らしていたのだが、八つになったこの年、父母の暮らす鎌倉の館へ引き取られた。一つ年下の弟三郎《さぶろう》、三つ年下の弟弥四郎《やしろう》は早苗より少し前に両親のもとへ引き取られている。

「若宮大路は、鎌倉殿が御台所《みだいどころ》さまのご安産を祈願してお造りになられたもの。その時、お生まれになった若君こそ、姫さまのお母上が乳母としてお仕えする万寿《まんじゅ》さまでございます」

滔々《とうとう》と述べる津留の言葉を聞き流し、早苗は若宮大路を行き来する人々を眺めた。男も女も、武将らしき貴人も、館の下働きと見える者も、故郷で見る人々よりも裕福そうで生き生きして見える。

「早くお宮へ行きましょうよ」

早苗は大手を振って若宮大路を歩き始めた。

時折、気の向くまま走ったりしながら進んでいくと、やがて大きな鳥居が現れ、早苗は圧倒された。それをくぐり抜ければ、鶴岡八幡宮《つるがおかはちまんぐう》である。

武運を授ける八幡神が祀《まつ》られていると聞かされつつ、早苗は津留や警護の侍たちと共に拝殿へ向かった。

「おや。これは、特異な宿世《すくせ》の姫さまがおいでなされた」

参道で声をかけられたのは、その時である。早苗が足を止めると、津留も立ち止まった。

巫女《みこ》姿の女がいた。白の単衣《ひとえ》に同じく白い袴《はかま》を着けており、年の頃はよく分からない。

「私どもに何か御用ですか」

津留が早苗の前に立ちながら、やや警戒した口ぶりで問う。

「姫さまは格別なお方。貴きお方と結ばれる御運をお持ちじゃ」

巫女は津留の声など耳に入らぬという様子で告げた。

「もし女のお子をお産みになれば、その子はやはり貴きお方の妻となるであろう。もし男のお子をお産みになれば……」

と、そこで巫女の言葉はつと止まった。どうしたのだろうと思ったその時、早苗のすぐ後ろで、数羽の鳩《はと》が急に飛び立っていった。驚いて振り返ると、

「あ、姫さまではございませんか。比企郡より参られた……」

と、声をかけてきた者たちがいる。その中の一人が「おお、やはり津留殿」と言ったので、彼らが比企家より遣《つか》わされた使者だと分かった。鶴岡八幡宮まで迎えに来る手はずになっていたのである。

案内役の者たちと挨拶を交わし、やれやれとなったところで、津留が「あっ」と声を上げた。

「あの巫女は……」

その言葉に早苗も目を戻したが、巫女の姿は消えていた。辺りを見回してみても、それらしき人影はない。

「目を離していたのなど、ほんのひと時ですのに」

津留は首をかしげていたが、やがて、

「姫さまのお産みになる男のお子さまが、どれだけ出世なさるか、聞きとうございましたのに」

と、悔しがり始めた。

「突然、姿を消したことを思いますと、巫女の体を借りた神さまのお声だったのかもしれませんねえ」

「神さまの……？」

「はい。寺社などでよく聞かれる話でございます。姫さまの行く末は輝かしいものに違いございません」

津留は声を弾ませて言うが、早苗は別段心を動かされなかった。遠い将来のことより、今日から暮らす新しい土地や館の方が気になる。

「それより早くお参りを済ませて、お館へ行きましょうよ」

「さようでございますね。お参りがまだでございましたわ」

津留は慌てて言い、早苗は拝殿の前へ進んで手を合わせた。

「それでは、比企ヶ谷《ひきがやつ》の館へご案内いたします」

　案内役の者に先導され、一行は若宮大路を戻り始める。その果ての由比ヶ浜《ゆいがはま》までは行かずに途中で左へ折れた。鶴岡八幡宮からはほぼ南、鎌倉全体で見れば東南の場所に比企家の館はあるという。

「鎌倉は海と三方を山に囲まれた、攻めるに難《かた》き土地。それゆえ山間《やまあい》の谷が多いのですが、その一つを我が殿が格別に譲られた次第でして」

　などという案内役の言葉を聞くうちに、やがて比企ヶ谷と呼ばれる谷に到着した。館の中へ入るには両脇に竹林を備えた長い石段を上らねばならず、その門前へ達した時には額に汗をかいていた。見上げれば、初夏のまぶしい青空が広がり、どこかから時鳥《ほととぎす》の鳴き声が聞こえてくる。

「あらまあ、谷《やつ》の時鳥も姫さまのおいでを喜んでいるんですわ」

　少し息切れしつつも明るく言う津留の言葉を聞き、早苗は晴れやかな気持ちになった。

　早苗の父、比企能員は頼朝に仕える御家人の中でも重く用いられていたが、その一因となっているのが、頼朝の乳母を務めた比企尼《ひきのあま》の功績である。

　頼朝は平治《へいじ》の乱で敗者となり、伊豆《いず》へ流されたのだが、その間も比企尼は頼朝の世話を続けてきた。そうした乳母の恩に報いる形で、頼朝は比企氏を重用したのである。

比企尼の夫である比企遠宗《とおむね》はすでに亡くなっていたが、夫婦の間には三人の娘しかいなかった。常ならば娘たちの誰かに婿《むこ》を取り、家を継がせるところだろうがそうはならず、比企尼は甥《おい》を養子に迎えて跡を取らせた。それが早苗の父、比企能員である。

頼朝は能員を重んじるばかりでなく、その義姉妹や妻の凪子《なぎこ》を嫡男万寿の乳母として取り立てていた。

だから、能員はもちろんのこと、凪子も毎日のように大倉《おおくら》御所へ出向くのだが、早苗たちが館へ到着したこの日も、両親は出かけていた。

「これは、姫さまに津留殿。武蔵よりの長旅、お疲れさまでございました」

留守を預かっている女房が弟の三郎と共に現れ、早苗たちを労《ねぎら》ってくれた。下の弟の弥四郎は昼寝中だという。他にも兄弟はいるが、この館で同居するのは母を同じくするこの二人である。

「尼君がおいでであれば、まずはご挨拶に伺わなければ、と思いますが」

と、津留は律儀《りちぎ》に尋ねた。比企家においては、当主の能員と同等に、いや、場合によってはそれ以上に気をつかわなければならぬ相手である。

「こちらの館にはただ今、尼君が二人おいででございます。ですので、その方のことは大尼君《おおあまぎみ》とお呼びください」

女房はまず津留に忠告した。

「あ、さようでございました」

津留は申し訳なさそうに応じる。

「それって、お祖母《ばあ》さまのことよね」

早苗は二人の会話に口を挟んだ。

「はい。そして、もう一人おられる方とは、河越尼君《かわごえのあま》のことでございます」

女房の返事に、早苗は首をかしげた。河越とは武蔵国の地名であり、その地を所有する河越氏は比企氏の親族だが、尼と呼ばれる人に心当たりはない。

「河越の叔母さまのことだよ」

今度は三郎が口を挟んできた。「河越の叔母」と言われれば、早苗も分かる。

比企尼の三人の娘の一人で、河越家へ嫁いだ次女、朝子《ともこ》のことだ。

河越氏の所領は比企郡に近く、朝子の子供たちは早苗のことを妹のようにかわいがってくれた。だが、郷《さと》という従姉《いとこ》は数年前に嫁いでそれっきり、その弟の小太郎《こたろう》ともしばらく会っていない。

「河越の叔母さまは、尼になってしまわれたの？」

早苗が驚いて問うと、三郎はうなずいた。

三人の伯叔母《おば》たちの中でも朝子はひときわ美しく、子供の目にもそれは分かった。その美しい叔母が髪を切り落としてしまうなんて。その理由を尋ねたが、三郎は知らず、津留と女房は言葉を濁すばかりである。

「お祖母さまと河越の叔母さまがいる離れには、勝手に行ってはいけないと言われているんだ」

とも、三郎は言った。その理由も知らないらしい。

「姫さまが尼君方にご挨拶するのは、殿がお帰りになってからでよろしいかと存じます」

女房はそう話をまとめ、先に館の中を案内しようかと早苗と津留に訊《き》いた。津留はすぐに承知したが、早苗は「疲れたから後でいい」と言った。女房も津留も無理もないことだというふうにうなずく。

「それでは、こちらで三郎さまとお待ちください」

くれぐれもこの場所から動かぬようにと念を押した上で、津留と女房は居室を出ていった。二人が立ち去り、その足音も聞こえなくなるのを待ってから、

「さあ、行くわよ」

と、早苗は三郎に声をかけた。

「行くってどこへ？」

三郎は吃驚《びっくり》して目を丸くしている。

「離れに決まっているじゃないの」

「でも、勝手に行っちゃいけないって、父上が……」

「それを言われたのはあんたであって、私じゃないわ」

早苗は弟の言葉を強引に封じた。

「河越の叔母さまはお気の毒な人だって、父上が言ってたよ」

なおも抵抗する弟のその言葉には、少し引っかかったが、

「お気の毒ならなおさら、お会いして慰めて差し上げなくちゃ」

と、早苗は畳みかけた。三郎が口を開くより早く、「行くわよ」と手首をつかんで引っ張ると、三郎は渋々ながらも承知して立ち上がった。

二

廊下伝いに離れの建物へ入ると、ふと肌寒さを覚えた。人の気配もあまりしない。やはり勝手に立ち入ったのはいけなかったかと、早苗が迷い始めたその時、前を行く三郎の足が止まった。

「わわっ」

驚きの声を上げたのは、薄暗がりから何かが飛び出してきたかららしい。早苗は一瞬の迷いもなく弟の前に飛び出したが、聞こえてきたのは「みゃあ」という間延びした声であった。

「あら、猫じゃないの」

白と茶の斑《ぶち》の猫は、突然の訪問者を警戒してか、ふううっと唸《うな》りながら身構えている。

三郎はつかんでいた早苗の袖を離すと、気恥ずかしさをごまかすように「脅かすなよ」と猫にぶつけた。

「脅かしたのはあんたの方でしょ」

早苗は弟を黙らせると、その場にかがんで猫を招き寄せた。唸り声はやみ、猫は琥珀《こはく》色《いろ》の目で早苗をじいっと見つめている。早苗はそうっと近付いていった。

「おや」

猫の後ろから人の声がする。

「三郎殿ではありませぬか」

「あ、はい。河越の叔母さま」

三郎がかしこまって返事をする。早苗の目の前で猫をひょいと抱き上げた尼は、確かに叔母の朝子であった。だが、相手の姿が前とすっかり変わってしまったことに、早苗が面食らっていると、

「そなたは早苗殿か」

朝子は察しよく言った。

「はい、叔母さま」

早苗はその場で姿勢を正して答えた。

「そうでしたか。鎌倉到着の挨拶に来てくれたのですね」

納得したふうに言った朝子は、「ならば、ここからは私が案内《あない》いたしましょう」と続けた。「三郎殿もご一緒に」と朝子から言われ、逆らうこともできぬ三郎は「……はい」と答えて付いてくる。

「叔母さま、この猫は何という名前なのですか」

早苗が歩きながら尋ねると、琥珀だと朝子は答えた。

「目の色が琥珀みたいに見えるからと、郷が名付けました」

「郷姉さまが？　京へ行かれる前のことですね」

郷は頼朝の弟義経《よしつね》との縁談がまとまり、鎌倉を経由して京へ出向いた。四年前のことである。その別離の時、早苗は郷の行列を追いかけて泣いた。思い出せば悲しくなるが、大好きな従姉の話を久しぶりに聞けたのは嬉《うれ》しい。琥珀に触っていいかと尋ねると、あまり人に懐かぬ猫だから気をつけるようにと言われたが、早苗は躊躇《ためら》うことなく琥珀の顎をそっと撫《な》でた。琥珀は嬉しそうにごろごろと鳴いている。

「琥珀が脅えも怒りもしないとはめずらしいこと」

朝子は少し驚いたように目を瞠《みは》っている。やがて、三人と一匹の猫はそろって比企尼の居室に到着した。

「義兄君《あにぎみ》の姫が比企郡から到着いたしましたよ。母上へのご挨拶にと来てくれました」

朝子が引き合わせてくれた。

「早苗でございます」

早苗はきちんと頭を下げた。「お祖母さま」と笑顔で駆け寄っていけるような親しみやすさはない。しかし、比企尼は慈しみのこもった声で、「長旅は大変でしたろう」と労ってくれた。

「武蔵国は変わりないかの」

「はい。私が出てきた頃は、野に紫草や菫《すみれ》が咲いておりました」

「さようか。もうあの武蔵野の景色もしばらく見ておらぬ……」

懐かしそうに、比企尼は目を細める。それからいくつになったかと訊かれ、早苗が八つ、三郎が七つだと答えるのを、比企尼は柔らかな笑みを湛《たた》えながら聞いていた。

朝子は比企尼のそばに座り、その膝の上には琥珀がのっている。その朝子の表情が不意に曇り出したのは、早苗が比企郡の馬場で馬に乗った話をしていた時であった。

ややあって、朝子は袖口を目もとに当てた。膝の上の琥珀がにゃあと悲しげな声で鳴く。

「叔母さま……？」

早苗は困惑した。そもそも、泣き出されるような話など一つもしてはいない。

「失礼」

朝子が不意に身じろぎすると、琥珀が驚いた様子で膝から飛び下りた。朝子は立ち上がると、逃げるように部屋を出ていってしまう。早苗と三郎は茫然《ぼうぜん》とし、琥珀はひとしきり不安げな声で鳴いた挙句、早苗にすり寄ってきた。

早苗は琥珀を膝の上にのせると、その毛を撫でながら、

「叔母さまはどうなさったのですか」

と、比企尼に尋ねた。

「ああ、そなたらは気にすることはない」

比企尼は何気ないふうに言うが、早苗と三郎が顔を見合わせていたら、

「そなたら二人を見て、己の娘と息子を思い出したのであろう」

と、比企尼の言葉は続けられた。その目は早苗たちを見てはいなかった。

「郷姉さまと小太郎兄さまのことですね」

源平の合戦が始まってからは、小太郎も出陣して故郷を空けることが多くなったが、それでも帰郷すれば比企郡にも顔を見せてくれた。早苗が小太郎と最後に会ったのは、郷の嫁入りの時だったろうか。

「郷はともかく、小太郎はもう戻ってこぬ」

不意に告げられた比企尼の言葉に、早苗は困惑した。三郎もわけが分からぬ表情であ

る。二人に目を戻した比企尼は、「聞いておらぬのか」と少し目を瞠った。

「そなたらが大きゅうなるまで、秘めておくつもりだったのであろう」

と、比企尼は言う。よくない知らせであることは想像がつくが、この先を聞かずに引き下がることはできなかった。その気持ちを察したのか、比企尼は一つ溜息《ためいき》を吐《つ》いてから口を開く。

「小太郎は亡《の》うなったのじゃ」

「えっ、小太郎兄さまが……」

朝子の尼姿が脳裡《のうり》によみがえる。戦で亡くなったのかと思ったが、比企尼は違うと答えた。

「小太郎はこの鎌倉で命を取られたのじゃ。父君の河越殿と一緒にな」

「父君と一緒に……？」

ならば、朝子は夫と息子を同時に亡くしたことになる。朝子の出家と涙の理由はこれだったのだ。

その時、早苗は恐ろしいことに思い至った。朝子が涙したのは、早苗と三郎の姿に、自分の娘と息子の姿を重ねたからだ、と比企尼は言った。三郎の姿に、亡き小太郎の面影を重ねるのは分かる。だが、早苗に郷の面影を重ねていたのだとしたら――。

「まさか、郷姉さまも――？」

早苗は震える声で問うた。

「いいや、郷は生きておる」

早苗の心配を先読みして、比企尼は答えた。

「されど、朝子のもとに帰ってくることはもうないであろう」

続けられた言葉の意図は、よく分からなかった。

その時、琥珀が突然首をもたげると、一声鳴いて、早苗の膝から飛び下りた。「あっ」と声を上げたものの、追いかける気にもなれない。琥珀はのっそりとした動きで、部屋の外へと出ていった。

「そなたらももう戻るがよい」

比企尼は疲労のにじんだ声で告げた。

「くわしいことは、そなたらの父母に聞きなされ」

そう言われると、それ以上聞かせてほしいと言うことはできない。早苗は強張《こわば》った表情の三郎を連れ、比企尼のもとを立ち去った。離れから出ていくまでに、朝子の姿を見ることも、琥珀を見かけることもなかった。

早苗が鎌倉に到着した日、夕刻になって御所から帰ってきた父母は、早苗の成長と無事の到着を喜んだ。

「大きくなったな」

と、父から頭を撫でられ、

「少しは、淑《しと》やかに振る舞えるようになりましたか」

と、母から笑顔を向けられた途端、ふさいでいた気分も吹き飛んでしまいそうになる。

だが、それも一瞬のことで、早苗はすぐに比企尼と朝子に挨拶した話を伝えた。

聞くなり、父も母も顔色を変えたが、

「津留たちからは行くなって言われたのに、三郎に案内させたのは私なの。でも、お祖母さまも叔母さまもお叱りにはならなかったわ」

と、早苗は言い継いだ。それから、朝子の夫と息子が死んだ話を比企尼から聞いたと言うと、父は大きな溜息を漏らした。

「まったく、義母上《ははうえ》にも困ったものだ。子供たちには折を見て話すつもりであったものを」

「河越の義叔父《おじ》さまと小太郎兄さまは、この鎌倉で亡くなられたのでしょう？」

「……そうだ」

と、父は重苦しい声で答えた。

「どうしてお亡くなりになったの。鎌倉で戦が起きたの？」

だが、父も母も顔を見合わせるばかりで答えようとしない。

「ねえ、郷姉さまは本当にご無事なの？」

最も恐れていたことを、早苗は思い切って尋ねた。

「お祖母さまは生きているっておっしゃっていたけれど、もう叔母さまのもとへは帰ってこられないだろうって」

「お祖母さまのおっしゃる通り、郷殿が戻ることはおそらくない」

父が低い声で言う。

「そんな……」

「だが、ご無事でいるのならそれでよしとするべきだ。ご夫君が鎌倉殿に背いたのだから仕方あるまい」

早苗に説き聞かせるというより、自分自身に言い聞かせるような口ぶりであった。仕方ないとはどういうことか。ご夫君が鎌倉殿に背いた、とは――。

「こちらへいらっしゃい、早苗。三郎も一緒に」

さらに父に問いかけるのに先んじて、母から促された。その言葉には逆らえず、早苗は三郎と一緒に衝立《ついたて》の向こう側へと移動する。父は腕組みをして目を閉じたまま、声をかけてこなかった。

「鎌倉殿のことは知っているわね。お祖母さまが子供の頃からお守りしてこられた源氏の棟梁《とうりょう》、源頼朝さまのことです」

母は小声で語り出した。早苗と三郎がうなずくと、さらに母は話を継いだ。

その頼朝の弟、源九郎義経が郷の夫となったこと。平家討伐の戦では武勲を挙げたが、同じ頃、頼朝の命令に背く行いがあったということ。

「命令に背いたって、そんなに悪いことなの？　九郎さまは鎌倉殿に謝らなかったの？」

「もちろん謝られたわ。でも、それはとても重い罪だったから、鎌倉殿はお許しにならなかったの」

それは、頼朝の許しを得ることなく、「判官《ほうがん》」と呼ばれる検非違使《けびいし》尉《のじょう》の職を朝廷からもらったことだというが、早苗にはどれほどの重い罪なのか、よく分からなかった。しかし、その後、頼朝が京へ差し向けた討ち手を斬った義経は京から逃亡し、かつて身を寄せたことのある奥州《おうしゅう》へ落ち延びたのだという。

「郷殿は九郎殿とご一緒に行かれたのよ。今も奥州の地にお暮らしで、姫君も一人お生まれなのですって」

「郷姉さまはお子をお産みになったのね」

その話は早苗の心を明るくしたが、郷がその娘を連れて鎌倉へ帰ってくることはないという。それと分かれば、寂しさは募った。

「郷殿は追っ手に捕らわれることなく、無事に奥州へ行けたのだけれど、お父上の河越殿や弟の小太郎殿はそういうわけにいかなかったの。九郎殿と同じように、鎌倉殿への謀反を企《たくら》んでいるのではないかと疑われて……」

　母の話は無情に続けられた。

　頼朝は義経の謀反を疑っただけでなく、その縁者である河越氏一族も疑ったのだという。それで、河越重頼《しげより》と息子の小太郎重房《しげふさ》は鎌倉で捕らわれ、殺されてしまった。河越氏の所領も召し上げられたが、比企尼の執り成しにより、それは朝子が管理することになったのだという。朝子は出家して、その後は河越尼と呼ばれる身になったが、夫と息子を殺され、所領だけ返されたところで悲嘆が和らぐわけではない。

「河越の叔母さまがかわいそう」

　かつて娘が名付けた猫を抱き上げていた朝子の姿を思い浮かべ、早苗はやりきれない気持ちに駆られた。

「離れへ行ってはならぬと言ったのは、河越尼君がそなたたちを見れば、小太郎殿を思い出してつらくなると考えてのことです」

と、母は三郎に目を向けて告げた。三郎は泣き出しそうな顔をしながら、ごめんなさいと謝った。

「小太郎殿のことはもはやどうにもならぬが、二度と会えぬとしても郷殿はご無事なのです。子が無事でいてくれさえすれば、親の心は慰められるもの。河越尼君もいずれ落ち着かれるでしょうから、そなたたちは今のことをただ心に留《とど》めておきなさい」

母のその言葉に、早苗も三郎もただうなずくことしかできなかった。

あの叔母の前ではもう、いや誰の前でも、郷に会いたいと口にしてはいけない。これからは、河越の叔母さまを自分が労《いたわ》って差し上げよう。おそらくもう帰ってくることのない郷に代わって。

この時、早苗は堅くそう心に誓った。

三

比企氏の本姓は藤原《ふじわら》である。比企郡に所領を持つことから比企氏を名乗っていたが、藤原秀郷《ひでさと》の子孫であることが一族の誇りであった。

藤原秀郷は朝敵となった平将門《たいらのまさかど》を討ち果たして名を上げた武将である。俵藤太《たわらのとうた》と呼ばれ、近江国《おうみのくに》の三上山《みかみやま》で大蜈蚣《おおむかで》を退治したという言い伝えもあった。物心ついた頃には知っていたというくらい、この話はよく聞かされたし、大蜈蚣退治と称して俵藤太の物真似《ものまね》をするのも、よくやる遊びの一つであった。

「私が俵藤太ね。三郎が大蛇《おろち》で、弥四郎が大蜈蚣よ」

鎌倉へ来て三月《みつき》ほどが過ぎた初秋のある日、早苗が弟たちに告げると、「ええー」という不満の声が上がった。

「姉上は、この間も俵藤太をやったじゃないか」

自分たちも俵藤太をやりたいと、生意気を言う。

「俵藤太さまは誰よりも強い猛者《もさ》なのよ。この中で、いちばん強い私がやるに決まっているでしょ」

今のところ、木刀を振り回しての勝負でいちばん強いのは早苗であったから、弟たちは言い返せなくなる。だが、この日は三郎が果敢にも口を開いた。

「けど、大蛇は女に化けるじゃないか。女の姉上が大蛇をやればいいだろう?」

屁理屈《へりくつ》をこねる弟をうるさいと叱りつけ、早苗はそれ以上の反抗を封じた。

俵藤太の大蜈蚣退治とは、琵琶湖《びわこ》のほとりを舞台とする物語だ。

ある時、橋に大蛇が陣取っていて、人々は脅え、通行できなくなっていた。ところが、それを見た俵藤太はまるで意に介さず、大蛇を踏みつけにして堂々と橋を渡ってしまう。

大蛇は橋からいなくなり、人々は俵藤太に感謝して喜び合った。

そこへ一人の若い女が現れ、俵藤太の勇猛さを見込んで頼みたいことがあると言い出す。三上山に大蜈蚣が居座っており、自分の親族たちを苦しめているので退治してほしいというのだ。引き受けた俵藤太は弓矢と太刀《たち》を持ち、山へと向かった。

まず、矢を射かけるのだが、一の矢と二の矢は弾き返されてしまう。しかし、狙いを定めた三本目の矢が大蜈蚣の体に突き刺さった。俵藤太は太刀でその体をいくつにも叩《たた》き切り、見事、大蜈蚣を退治したのであった。

俵藤太が山から帰ると、女は藤太に踏みつけられた大蛇だと正体を明かし、お礼に竜宮へ案内してくれる。藤太はそこで竜宮の宝である太刀を授かるのだが、それは「蜈蚣《むかで》切《ぎり》」と呼ばれ、天下の名刀として伝えられることになった。

「それじゃあ、始めるわよ」

早苗は庭先の池にかけられた橋を前に、三郎に大蛇となってうずくまるよう命じた。

比企ヶ谷の館の庭には、池も橋もあり、小山も築かれていて、まことに都合がよい。残念なのは、大蜈蚣を叩き切る太刀が木刀であることと、我が家に伝えられているという蜈蚣切の宝刀をどれだけ見せてほしいと頼んでも、父が見せてくれないことであった。

「あっ」

その時、いやいやながらうずくまろうとしていた三郎の口から、驚きの声が上がった。

三郎の眼差《まなざ》しを追って振り返った早苗は、庭をこちらに向かってくる少年の姿を目に留めた。誰なのか訊こうとした矢先、三郎と弥四郎の口から同時に「若君」という声が上がる。

（この子が万寿君）

頼朝と北条政子《ほうじようまさこ》の長男で、頼朝の跡継ぎとみなされている少年である。母の凪子や叔母の朝子、もう一人の叔母の宗子《むねこ》がその乳母を務めているので、比企家とは縁が深い。

早苗は初めて見る主家の少年を、まじまじと見つめた。身に着けているのは子供が着る水干《すいかん》で、三郎たちと同じ出で立《いた》ちだったが、顔立ちや歩き方にどことなく品がある。近くで見れば、深緑色の生地が上質で、仕立てもすばらしいことが分かった。

それにしても、御所の若君がどうして一人きりで、館の庭に現れたのだろう。乳母を務める母が付き添って、この館へお招きしたのだとしても。

「お一人でどうなさったのですか」

と、三郎が駆け寄るや否や、万寿に尋ねた。

「うん、乳母たちと一緒に来たんだけれどね。比企尼君にご挨拶しに行ったら、乳母たちはそこでおしゃべりを始めてしまって……」

万寿は父親の乳母である比企尼に敬意を表し、まずはそちらへ挨拶に行ったらしい。しかし、凪子も朝子もそこで比企尼を相手におしゃべりを始めてしまった。退屈した万寿は取りあえず外へ出てみたところ、前に顔を合わせた凪子の子供たちが見えたので、こちらへ向かってきたという。

万寿の付き人が誰も見当たらないのは、勝手に脱《ぬ》け出してきたからだろう。それに気づいた大人たちが騒ぎ立てるのではないかと思ったが、早苗は黙っていた。弟たちはそこまで頭が回らないらしく、万寿に会えて嬉しいと、互いに喜び合っている。

「若君も一緒に遊びましょうよ」

三郎が万寿を誘うと、万寿も顔をほころばせて「うん」とうなずく。

「そなたが三郎と弥四郎の姉君だな」

やがて、万寿が早苗にじっと目を向けて尋ねた。

「はい。早苗と申します」

早苗は取り澄ました声で答えた。

「うん。早苗のことは比企の乳母殿からも、この三郎や弥四郎からも聞いている」

と、万寿は言い、にっこりと笑った。

「そうですか」

どんなふうに聞いているのか、知りたかったが、万寿はくわしいことは言わなかった。

ただ、

「そうそう。河越尼君も早苗のことを話していた。早苗が鎌倉へ来てくれて嬉しいと言っていた。離れて暮らす娘御のことを思い出したそうだ」

と、付け加える。その娘御とは郷のことであり、郷の夫の義経は頼朝に追われ、命からがら奥州へと落ち延びた。そのことをこの少年は知っているのだろうか。そして、知っているなら、自分の父親の仕打ちをどう思っているのだろう。

だが、万寿の曇りのない瞳は純粋そのもので、何かを気に病んでいるというふうにも見えなかった。

それは、朝子が万寿に対し、自分の怒りや悲しみをぶつけてはいないこと、朝子と万寿の仲が温厚であることを示している。それ自体は望ましいことであったが、何を能天気な――と腹立たしい気持ちも湧いた。

そんな早苗の内心も知らぬげに、

「そなたたちは何をして遊んでいたのだ」

と、万寿はのんびりと問う。

「俵藤太ごっこをしようとしてたんです」

弥四郎が無邪気に答えた。それはどんな遊びかと万寿が問うので、三郎が俵藤太の功績も含めて説明を始める。

「面白そうだな。私も加えてくれないか」

一通りの話を聞き終えた後、万寿は言い出した。

「でも、俵藤太が私で、大蛇が三郎、大蜈蚣が弥四郎で……」

万寿が俵藤太をやりたいと言い出す前に、早苗は言った。

「そうか。もう割り込める余地がないのだな」

鷹揚《おうよう》な口ぶりではあったが、少し残念そうに万寿は呟《つぶや》く。

「若君が俵藤太になったらいいよ」

弥四郎が余計なことを言い出した。

「若君がお持ちの剣を、蜈蚣切ってことにすればいいし」

見れば、確かに万寿の腰には小ぶりの剣が佩《は》かれている。

(本物の剣だわ)

玩具の剣で真似事をするよりずっと本式である。早苗は万寿の剣を手にして、「やあやあ、我こそは——」と俵藤太の物真似をしたくなった。その役を譲るなどとんでもない。頭を捻《ひね》った末、

「まだ空いている役が一つだけあったわ」

と、早苗は大きな声で言った。

「大蛇は途中で女の人に化けるでしょ。大蛇役の三郎がやるところだけれど、やりたくないとごねていたから、その女の人の役を若君がやってくださいませんか」

「えっ、私が女に化けるのか」

万寿は虚を衝《つ》かれた様子であった。

「大蛇が化けた女の人です。三上山の親族が困っているから大蜈蚣を退治してほしいって、俵藤太に頼むんですけれど、おできになりますか」

早苗がまくしたてると、意外なことに、万寿は分かったとうなずいた。

「ええっ」

と、驚いて抗議の声を上げたのは弟たちである。

「若君が女の役なんてやることありませんよ」

「まったくです。姉上が女の役をやって、若君が俵藤太になればいいんだ」

弟たちは口々に言ったが、「別にかまわない」と万寿は大らかなところを見せた。

「早苗は俵藤太をやりたいようだし、後から来た私が横取りするわけにもいかないだろう」

「でも、若君が女のふりをするなんて……」

四の五の言う弟たちを無視して、早苗は小道具として用意してあった袿《うちぎ》を万寿に渡した。それを羽織って女のように見せるのである。万寿が素直に分かったと言うので、早苗はさらに欲を出した。

「あのう、若君のお腰の剣をお借りできませんか。竜宮で頂戴する蜈蚣切にぴったりだと思うんです」

ところが、この時だけ、万寿は首を横に振った。

「この剣は父上から頂戴した守り刀だから、おいそれと我が身から離すことはできぬ」

きっぱり言われると、それ以上しつこく頼むわけにはいかない。早苗は分かりましたとうなずき、もともと用意してあった玩具の剣を万寿に渡した。

「では、これを蜈蚣切ということにして、竜宮に出向いた俵藤太に渡してください」

その他、人の女に化けた大蛇役を務める万寿に細かい指示をし、万寿が理解したところで、俵藤太の蜈蚣退治ごっこは始まった。

まず、大蛇となった三郎が橋の上へうずくまる。早苗は大股でその袂《たもと》まで歩いていき、

「何。この大蛇のせいで橋が渡れず、皆が困っているとな。ようし、この俵藤太が目に物見せてくれようぞ」

と、大声で言った。ちらと横を見れば、万寿がぽかんと口を開けている。

ああ、気分がいい。

万寿の眼差しを十分に意識しながら、早苗は堂々と橋へと向かい、大蛇に扮《ふん》する三郎の背中を踏みつけ、向こう側へと渡った。三郎が逃げていった後、代わって万寿が女物の袿を頭から被《かぶ》って登場する。

「もうし、あなたさまはかの名だたる俵藤太さまとお見受けいたします」

袿を被って顔を隠し、少しうつむいているせいか、本当にお淑やかな少女のようだ。

「う、うむ。さようだ」

早苗はいつになくどぎまぎして答えた。

「実は、私の住まう三上山には……」

と、万寿は早苗が教えた通りの言葉を述べる。

(本物の女の子みたい)

そんなことを考えているうち、万寿の口上は終わった。

「相分かった。三上山の大蜈蚣退治はこの俵藤太に任せていただこう」

早苗は女に化けた大蛇の願いごとを聞き容《い》れ、池のほとりの小山へと向かった。

ここが三上山の見立てである。大蜈蚣に扮する弥四郎が山上で待ち受けており、早苗は玩具の弓矢を使って、矢を射かけた。言い伝えの通り、一の矢、二の矢が跳ね返されて、三の矢でようやく成功。その後は、「やあっ！」と大蜈蚣を木刀で叩きのめして終わりとなる。

小山を下りると、万寿扮する大蛇の女が待っていた。万寿の手助けをしようというのか、後ろには三郎が控えている。万寿は大蜈蚣退治の礼を述べた後、

「私は実は、あなたさまが橋で踏みつけになさった大蛇の化身にございます」

と、正体を明かし、俵藤太を常世《とこよ》の国である竜宮へといざなう。ところが、ここで万寿は困惑顔になり、背後の三郎に「この後はどうするのか」と小声で尋ねた。

伝承では竜宮は琵琶湖の底にあるらしいが、この館では池を琵琶湖に見立てている。だから、竜宮の場面は池のほとりで行うことになっていた。そのことを万寿に伝えていなかったことを思い出し、

「竜宮へ行くという体《てい》で、俵藤太の手を取り、さっきの池のところまで行くの」

と、早苗は小声で万寿に告げた。万寿は「そうか」とうなずき、恭しいしぐさで早苗の手を取る。万寿はその格好のまま歩き出したが、早苗が続こうとしたところで、うろ

うろしていた三郎が目についた。

「あんたは邪魔」

早苗は弟を邪慳《じゃけん》に追い払い、いそいそと万寿の後ろに続く。

どうしてだろう。万寿から大切に扱ってもらうのはとても気分がいい。たとえ物真似ごっこの、ただのふりに過ぎないのだとしても――。

万寿が、本当は自分よりも身分の高い若君だからだろうか。その若君から大切にされ、自分も偉くなったように感じるからだろうか。

やがて、二人は池のほとりに到着した。

早苗は万寿の前に跪《ひざまず》いた。ここでは、万寿は竜宮の者という扱いなので、俵藤太の方が遜《へりくだ》るのである。

「これなる麗しき竜宮へお連れくださり、まことにありがたかった。いつまでもここにいたいが、人の身では許されまい。我は地上へ帰らねばならぬ」

「では、三上山の大蜈蚣を退治してくださったお礼に、この竜宮の宝をお持ちください」

万寿はそう言うなり、腰にさしていた小刀を鞘《さや》ごと抜いて早苗に差し出した。

(玩具じゃない)

肌身離さぬと言っていた刀を、貸してくれるというのだろうか。思わず素に返って見上げると、万寿はかまわないと言うふうに目で合図してみせる。

「ありがたきことに存じます」

早苗が両手を掲げると、そこにずっしりと重いものが載せられた。

早苗は恭しく剣を捧《ささ》げ持ったまま、ゆっくりと立ち上がった。

「この剣は、大蜈蚣を切ることで賜ったものゆえ、『蜈蚣切』と呼び習わし、我が宝といたしまする」

早苗はまじまじと手の剣を見つめた。武家の習いで、家中に剣や弓矢はあったけれども、本物に触らせてもらったことはない。

これが本物の剣。鞘から抜いてみたいという気持ちが湧き上がってくる。

「どうぞ、俵藤太さま。この場にて鞘から抜き、お確かめになってください」

早苗の内心を察した様子で、万寿が言葉を添える。

「そうしてもよろしいのですか」

夢見心地で問う早苗に、万寿は首肯し「十分にご注意を」と言葉を添える。

万寿の忠告をしっかりと受け止め、早苗は用心深く刀をゆっくり抜いていった。白銀《しろがね》の美しい輝きが現れ、初秋の柔らかな陽光を照り返す。そのきらめきがそのまま池の水面《みなも》に映っていた。

何て美しいのだろう。うっとりと刀身を眺めた後、全部引き抜くことは控えて、再び

鞘の中に戻した。鞘ごと刀を振り上げると、

「我こそは俵藤太なり。この蜈蚣切もて、天下のお役にきっと立ってみせまする」

と、大音声《だいおんじょう》を張り上げる。声が青空に吸い込まれていく心地が何とも言えずすがすがしかった。

ところが、その満ち足りた気分は、「いったい何をしているのです」という母凪子の甲高い声によってたちまち覚めた。気がつけば、館の方から母と朝子ともう一人の叔母――比企尼の三女で、平賀義信《ひらがよしのぶ》の妻となった宗子の三人が駆けてきたのだった。

「まあ、若君。何という格好を――」

女物の袿を頭から被っている万寿を見るなり、母が失神でもしそうな顔つきになった。

「それに、早苗。手にしているのは、若君の大切な守り刀ではありませぬか」

「あ、これは俵藤太が竜宮でもらった蜈蚣切なんです。若君が貸してくださって……」

早苗が悪びれもせずに答えると、

「大切なお刀を何ということに――」

母の眦《まなじり》が険しくなった。

「私が使おうと言い出したのだ。父上から頂戴した刀を遊びごとに使うのはよくないだろうが、俵藤太が手にする宝剣とあらば、このくらいの刀でなくてはなるまい」

と、万寿が横から早苗を庇《かば》うように説明してくれる。

すると、別の方向から、控えめな笑い声が漏れた。

「それにしても、俵藤太が早苗殿で、若君が女人のお役とは――」

笑っているのは、尼姿の朝子であった。

その姿を見るなり、万寿の顔がそれまで見たどの時よりも明るくなった。

「河越尼君が笑っているのを久々に見た」

万寿が朝子の方へ歩き出したので、早苗は慌ててその手に刀を返した。

（河越の叔母さまはずっと笑っておられなかったのだわ）

万寿の言葉がしみじみと胸に沁《し》みた。無理もない。夫と息子を喪《うしな》い、髪を落としてからずっと、朝子はこの鎌倉で楽しい思い出など何一つ作れなかっただろう。

思い返してみれば、この館に来て以来、早苗自身も朝子の笑顔など見たことがない。

だが、その朝子が自分たちを見て笑ってくれたのなら嬉しいし、何より万寿が朝子を気にかけてくれていたのはありがたいことであった。

（お優しい方なんだわ）

自分に示してくれた態度も含め、早苗はしみじみそう思った。

（ちょっと甘いところはあるけれど……）

その甘さを発揮して、万寿は早苗たち姉弟《きょうだい》を叱らないでくれと、凪子たちに言った。

遊びに入れてくれと言ったのも、女の役をやると言ったのも、刀を持ち出したのも、ぜんぶ自分の考えでしたことだから、と――。

「ですが、この娘がやすやすと、若君のお刀を手にするなんて……」

と、凪子は早苗を厳しい目で見据えながら、なおも言い足りぬふうである。

「まあ、ここは御所ではないのですから、かまいませんでしょう」

朝子が早苗たちを見やりながら、口を添えてくれた。

「御所であれば、御台さまが眉を吊《つ》り上げそうでございますけれど」

と、宗子がおかしそうに呟くと、「宗子殿」と凪子が小声で注意する。宗子は口を滑らせたという表情を浮かべたものの、さして反省しているふうには見えなかった。

御台さまとは万寿の母の北条政子のことだが、厳しい人なのだろうと、今のやり取りから早苗は想像した。

「母上には今日のことを話したりしない」

最後に、万寿が力のこもった口ぶりで、そう請け合ってくれた。

二章　義経始末と河越尼

一

早苗が鎌倉へ来た文治四年も終わりに近付いた頃、奥州の雄、藤原秀衡《ひでひら》が死んだらしいという知らせが、鎌倉に届いた。「らしい」というのは、奥州側でそれを秘めようという意図があり、死んだのが最近なのか、前に死んだのを秘匿《ひとく》し続けてきたのか、はっきりしないからだ。鎌倉との関わりが険悪であり、事と次第によっては矛《ほこ》を交えることにもなりかねない今、奥州側の出方は無理もないことであった。

これまでにも秀衡が亡くなったとか、病臥《びょうが》しているという噂《うわさ》は何度か流れたものの、真偽を確かめられず、鎌倉方は何の手も打てぬ状態が続いていた。ところが、今回に限っては慎重に様子を探らせたところ、秀衡死去の知らせだけは確かなことだという。

（郷は今頃……）

遠い奥州にいる娘を思う度、朝子は胸が不安で押しつぶされそうになる。

今の娘の苦しみも、夫の河越重頼や息子小太郎の不幸も、すべて郷が義経のもとへ嫁いだことに端を発していた。郷が義経の妻となりさえしなければ、河越氏が滅ぼされることもなかった。

(私があの時、乗り気になって縁談を勧めてしまったばかりに……)

当時のことを思うと、やりきれなくなる。

頼朝と比企尼から、郷を九郎義経に添わせるのはどうかと持ちかけられた時、朝子は晴れがましく得意満面になっただけであった。不安や不満などまったくなかった。

私の娘なら、そのくらいの身分の男でなければ釣り合わない、とも思った。丹後内侍《たんごのないし》と呼ばれる姉遠子《とおこ》の娘は、頼朝の弟範頼《のりより》の妻となっている。ならば、自分の娘もこの姪《めい》と同じように、頼朝の弟の妻となるのがふさわしいだろう。

夫の河越重頼はまったく無骨な武蔵武士で、貴人を婿に——などとは考えもせぬ人であった。代々そうしてきたように、武蔵国の豪族の家と縁を結べばよいと思っているらしい。嫡男小太郎の嫁取りも同じように考えているのだろう。

河越氏は坂東秩父《ばんどうちちぶ》氏の嫡流という、武蔵国における武家の名門である。秩父氏の流れを汲《く》む傍流もいくつかあり、畠山《はたけやま》氏などもそうだ。この畠山氏と河越氏は先代に矛を交えており、一時は畠山氏に敗れた河越氏が沈淪《ちんりん》を余儀なくされたという過去もあった。

代が替わってからは、そろって頼朝の麾下《きか》に参じていたから、互いに争っているわけにもいかない。両家の仲は温厚なものとなり、郷や小太郎は畠山家の若き当主、畠山重忠《しげただ》と親しくしていた。

河越重頼もこの畠山重忠に目をかけており、いずれは郷をやってもよいと考えていたのではないか。そして、何より郷自身がそれを望んでいるのではないかと、朝子も感づいていないわけではなかった。当時は気づかぬふりをしていたけれども……。

もし頼朝から縁談を持ちかけられなければ、二人は結ばれていたかもしれない。朝子とて、別段、畠山重忠のことが気に入らないわけではなかった。

しかし、頼朝の弟との縁談となれば、話は別である。

頼朝が領地も家来も持たない一介の流人だった頃とは、わけが違うのだ。頼朝は坂東武士たちを配下につけ、源氏の棟梁として認められた。平治の乱で敗れる以前の源氏の地位を取り戻したのであり、そうなれば、比企氏や河越氏、畠山氏などより、一段上になる。

当然ながら、頼朝の弟たちの立場も同様に貴いものとなるから、頼朝の弟に娘を嫁《とつ》がせるというのは、朝子にとって晴れがましい話なのであった。

（それをお断りして、傍流の畠山なぞに娘をくれてやるなんて……）

とんでもないことだと朝子は思い、夫を説得した。愚直といってよいほどに真面目で、口数も少ない夫は、もろ手を挙げて賛同したわけではなかったが、郷が承知するならばかまわないと言った。

おとなしくて従順な娘が私に反対するはずがないと思い、朝子は勝手に縁談をまとめてしまった。娘には後から告げたが、案の定、はいとうなずいただけであった。

あの時、娘の内心にもう少し思いを致していれば——。

京で暮らす義経のもとへ出向くため、いったん鎌倉へ立ち寄った際、郷は生まれて間もない子猫だけを相手にしながら、ひどく寂しげな表情をしていた。そんな娘のありさまに、夫は案じるような眼差しを向けていなかったか。小太郎はそんな一家の中にあって、ひどく不機嫌そうではなかったか。

夫も息子も、郷は畠山重忠に嫁がせるべきだと考えていたのだろう。だが、朝子は気づかぬふりをし通した。

頼朝の弟の妻となり、源氏一門に加えてもらうこと以上に娘の幸いはあるまいと、心の底から信じ込んで。

(私なりに、娘を思いやってのことだった。でも……)

当時は考えてもみなかったが、自分の奥底に宿る欲望をのぞき見れば、もっと醜い理由がある。

(私は、自分にできなかったことを、娘に押し付けようとしていた……)

源氏の一門に加わり、並み居る武将たちから尊敬の目で見られること。自分の実家よりも一段上の家へ嫁ぎ、実家の皆からありがたがられること。そういう誉れを手に入れたいという我欲が朝子にはあった。

そして、それは決して手の届かぬ望みではなかったのだ。

（それを、あの北条家の女に横取りされるなんて）

朝子は頼朝の乳母子《めのとご》である。

姉の遠子と妹の宗子、比企家の三姉妹は皆、頼朝の幼馴染《おさななじみ》と言っていい。当時はまだ能員が養子となっておらず、三姉妹と頼朝はいつも四人で一緒だった。

三姉妹の誰かがいずれ頼朝の妻となるという前途は、決して度外れたものではなかった。通常、乳母子といえば、主君の使用人という立場だが、藤原秀郷の血を引く比企家はそれほど低い家柄ではない。

もっとも、京で生まれ育った頼朝が、もしも平治の乱で敗者とならなければ、京で妻を迎えた見込みは高い。頼朝も父の義朝《よしとも》に倣《なら》って、しかるべき公家《くげ》の娘を正妻としたかもしれず、その場合は比企家の娘ごときが出しゃばれる筋ではなくなってしまう。よくて、妻の一人といったところであろう。

それでも、子供の頃はそうした事情もぼんやりとしか分からなかったから、朝子はいずれ自分が頼朝から選ばれる前途を夢想していた。我ながら姉や妹より美しいと自負している。あらゆる男が女に美しさを求めるわけではないだろうが、頼朝は妻となる女に美貌を求めるような気がした。いちばん賢い姉より、最も愛嬌《あいきょう》のある妹より、いちばん美しい自分を選んでくれるだろう、と――。

実際、頼朝の態度にそうした節も見られたのだ。

しかし、平治の乱がすべてを変えた。頼朝の父義朝が敗北の上、討ち取られてしまい、参戦していた頼朝は捕らわれた末、伊豆に流された。

一方、朝子と妹の宗子は母に連れられ、武蔵国比企郡へ帰り、すでに成人していた姉の遠子だけが京に残った。その後、尼となっていた母は頼朝を助けるため伊豆へ赴き、朝子は武蔵国に残って、河越重頼の妻となった。

当時は頼朝の行く末にこれという展望も見えず、比企尼が頼朝の世話をするのも、将来を期してのことではなく、乳母としての情からに過ぎなかった。

頼朝に選ばれてその妻になるという幼い日の夢は、その後も朝子の胸に淡く留まり続けてはいたが、現実のこととして考えた場合、叶《かな》わぬものだった。どうしても頼朝の妻になりたいと、強い恋情を抱いていたわけでもない。

だから、実家と同等の河越家へ嫁いだことに不満はなかったし、頼朝が伊豆の豪族の娘を妻にしたと伝え聞いても、さして心が動かされたわけではなかった。やがて京から下ってきた姉の遠子は、武蔵国の足立《あだち》郡を出自とする安達盛長《あだちもりなが》の妻となり、妹の宗子は伊豆国の豪族伊東佑清《いとうすけきよ》の妻となった。皆、後に頼朝に臣従する似たり寄ったりの家柄の男を夫としたのである。

姉や妹をうらやむ理由もなく、穏やかに暮らしていた朝子の心が波立ったのは、頼朝の挙兵であった。

頼朝は妻政子の実家である北条氏の武力を背景に、当時都で力を失いつつあった平家一門に反旗を翻し、平家に従う勢力を次々に攻略していったのだ。

勝ち戦ばかりでなく、敗北もあったのだが、徐々に力を付けた頼朝のもとへは坂東の武士たちが駆けつけ、従うようになっていった。そうした中で、朝子の夫河越重頼も頼朝の配下となった。

この時、頼朝の妻となっていた北条政子の立場は、朝子より上となったのである。

北条氏は伊豆の豪族の一つ、河越氏と同じく桓武《かんむ》平氏の血を引く一族だが、もともとの力の優劣を言うなら、秩父氏の嫡流である河越氏の方が上であろう。

もちろん、北条氏は頼朝に臣従する豪族の一つであり、その意味では河越氏や比企氏の上に立つわけでない。だが、頼朝の正妻の実家ということで、やはり世間からは一段と重く扱われている。

（もし私が頼朝さまの妻となっていたら、御台所と呼ばれていたのは私だった……）

今さらどうこう言うようなことではなく、もし人生を少女の頃からやり直せるのだとしても、自分は同じ生き方を選ぶだろう。だが、後に頼朝が鎌倉へ居を移し、朝子自身も鎌倉へ出向いて、御台所である北条政子の前に頭を下げる時だけは、どうしても納得のいかない気持ちがした。

それでも、そんな気持ちを抑え込み、現状をよしとするべきだと思ってきたのである。母の比企尼は頼朝の乳母として、鎌倉で多くの武士たちから尊敬されている。頼朝が起《た》ってくれたお蔭《かげ》で、比企氏も河越氏も武蔵国の豪族としての立場を守り抜くことができた。それも、最初に頼朝が旗揚げした時、政子の実家である北条氏が力を貸したからこその快挙なのだ。当時は比企氏も河越氏も武力を差し出さなかったのだから、どうこう言える筋合いではない。

だから、政子の産んだ頼朝の長男万寿の乳母に選ばれた時、朝子は母に倣って懸命に若君のために尽くそうと思った。そうすれば、いずれ自分はこの鎌倉で、母のような尊敬を集めることができる。それは比企氏のためにも河越氏のためにもなるはずだ、と信じて。

こうして朝子が万寿の乳母として、主に鎌倉で暮らすようになった頃、降って湧いたのが郷と義経の縁談であった。

頼朝が朝子や姉の娘たちを、弟の妻にと言い出したのは、三姉妹のうちの誰一人として、己の妻にできなかったことへの詫《わ》びのつもりではないかと、朝子は思った。朝子たちの世代では叶わなかったが、その娘たちの世代においては、せめて比企氏の血を源氏の中に入れてやろうという――。

悪い話ではなかった。

もちろん、頼朝の弟なら誰でもいいと思っていたわけではない。たとえば、義経と母を同じくする全成《ぜんせい》は僧侶の身であった。その妻となったのは政子の妹である。むしろ、北条氏がよくぞ僧侶に娘を差し出したと思ったものだが、北条氏には政子を筆頭に大勢の娘がいたから、一人くらい惜しくなかったのかもしれない。しかし、河越重頼と朝子には娘は郷一人しかおらず、僧侶の妻などとんでもない話であった。

もしこの全成の妻に郷を――と言われたなら、朝子は断っていただろう。

だが、義経は違う。幼い頃、兄の全成と同じく、いずれ出家する約束で寺に預けられたのだが、その前に寺を飛び出したため、出家していなかったのだ。

郷とは十歳近く年が離れていたが、その程度は不自然ではあるまい。もっと年の近い者がいれば別だが、義経が頼朝の末弟で、その下はいないのだから、ここは呑《の》むしかなかった。

（私はそれが郷の幸いだと信じていた。けれども、そこには私自身の欲も確かにあった……）

主家である源氏の一門に連なりたいという欲、そのために娘を犠牲にしてしまったのだ。

遠い京で暮らす義経と郷の夫婦仲がどんなものだったのかは、朝子もよく知らない。義経に寵愛《ちようあい》する白拍子《しらびようし》がいるという話も耳に入ってはきたが、それだけで不仲だったことにはならないだろう。

ただ、夫婦にゆっくりと仲を深めるような暇もなかったのは、事実である。婚礼から間もなく、義経は西国へ出陣してしまい、屋島《やしま》、壇ノ浦の合戦が行われた。それにようやく勝利して京へ凱旋《がいせん》したかと思うとすぐ、義経は平家の捕虜を連れて鎌倉へ発《た》たねばならなかった。しかし、この時すでに頼朝は、自分の命令に背いて官職を得た義経を許すつもりはなかったのである。

これが、郷の婚礼から一年も経《た》たぬうちの出来事であった。だから、義経がいよいよ京を落ち延びることになった時、郷は義経に付いていくまいと朝子は思った。夫の重頼と二人して、傷ついた娘を鎌倉の館へ迎え入れる準備も始めようと言っていたのだ。

わけの分からないことが立て続けに起こったのは、それからだった。都へ使いを送っても、娘の居場所が分からない。義経と同様、郷の行方も分からなくなってしまったのである。

鎌倉では、義経の縁者であることを理由に、夫の重頼と息子の小太郎が捕らわれの身となった。そして、二人が朝子のもとに帰ってくることは二度となかった。

朝子が胸にあふれる悲嘆と憎悪と悔恨をどうすることもできぬまま、髪を下ろした頃、娘の郷が義経と共に奥州藤原氏のもとへ身を寄せたことを知った。その逃亡の途中に生まれた娘も無事であるという。

自分はおそらく、その孫娘の顔を見ることは一生できないだろう。

だが、生きていてくれさえすればそれでいい。もうそれ以上のことは何も望むまい。

すべてを失《な》くした朝子が望むのは、郷とその娘が生きていることだけであったのだが……。

義経一家の後ろ盾であった藤原秀衡が亡くなったならば、彼らはどうなってしまうのだろう。これまで秀衡に義経の引き渡しを要求し、断られ続けていた頼朝は、この先どう動くつもりなのだろう。

藤原秀衡の死を聞いて以来、朝子の心は黒雲に覆われてしまった。

二

朝子の心は晴れやらぬまま、文治四年は暮れ、翌五年となった。

比企ヶ谷の館でも新春の飾り付けがなされ、母屋は華やかな雰囲気に包まれたが、尼二人の暮らす離れは正月でもひっそりとしている。母屋で用意された正月の膳は能員一家と共に食したものの、その後、挨拶に訪れた客人たちと対面することは遠慮した。

朝子はともかく、比企尼へ挨拶したいという客はいたのだが、

「正月早々、尼が姿を見せることもあるまい」

と、比企尼は言い、三が日はどの客人とも会わぬことにしている。ただし、頼朝からの使者だけは別で、その時だけは比企尼は母屋へ出向いたが、朝子は行かなかった。

一人でいると、猫の琥珀がみゃあと甘えた声で寄ってきた。

「おや、お前。正月前に洗ってもらって、器量よしになったじゃないの」

いつもよりきれいな毛並みをしている飼い猫を抱き上げ、朝子は膝の上にのせた。

琥珀を見れば、「この子をかわいがってあげてね」と言い残して去った娘のことが思い出される。以来、琥珀はずっと朝子のそばにいた。頼朝が義経を討つために刺客を京へ送ったと聞いた時も、夫と二人で郷を呼び戻そうと相談した時も、夫と息子が捕らわれの身となった時も、そして、郷が無事に奥州へたどり着いたと聞いた時も——。

「皆が私のそばからいなくなって……。とうとうお前と二人きりになってしまったわねえ」

朝子が背中の毛をそっと撫でると、琥珀は悲しそうに細い声で鳴いた。

（御所さまは結局、判官殿を利用されただけだったのか）

頼朝が義経を謀反人と決めつけ、断固として許さぬ姿勢を貫くと分かった時、朝子はようやくそのことに気づいた。

もちろん、頼朝の許しなきまま、義経が朝廷の官位官職を受けた時、頼朝が憤ったことは朝子も知っていた。だが、何といっても兄弟のこと、最後には許すと思っていたのである。怒ったのは、他の武将たちの手前、そうしてみせただけなのだろうと――。

その策の一つとして、義経と郷との縁談が持ち込まれたに違いないと思っていた。おそらく、義経もそう思っていただろう。もしこれが河越重頼と朝子の娘――つまり、頼朝が大事にする比企尼の孫娘でなければ、義経も警戒したかもしれない。自分の身辺を探らせるため、兄が妻という名の間諜《かんちょう》を送ってよこしたなどというように――。

もちろん、郷がそんな役目を担わされたわけではなかった。本心から義経の妻となるつもりで嫁いだし、だからこそ、夫の危機が訪れた時、夫に従う道を選んだのであろう。

それなのに――。

(御所さま一人だけは違っていたのだ)

確かに、頼朝は郷を間諜にはしなかった。郷に付けた従者や侍女はすべて河越家が用意したものだから、彼らの中にその類《たぐい》が紛れ込んでいた事実もない。

だが、頼朝が初めから義経を切り捨てるつもりであったなら、間諜などそもそも不要であった。義経に背反の意志があるかどうかなど、気にかけるまでもない。どちらにせよ、平家との合戦が終わりさえすれば、戦に秀でただけの男はもはや無用の長物なのであった。

それならば、義経の妻となる女は、ただ義経を油断させる者であればよいことになる。

どうして、それが郷でなければならなかったのだろう。

比企尼の孫娘という立場は確かに義経を油断させられる。だが、たとえば北条氏の者でもよかっただろうし、源氏一門の中から選んでもよかったはずだ。

たまたま選ばれた年頃の娘が郷だった、ということはあり得る。たぶんそうなのだろうと、初めは朝子も思っていた。運は悪かったし、頼朝にいいように使われたと思えば腹も立つが、強引に娶《めあわ》せられたわけでもないのだから仕方がない、自分に見る目がなかったのだ、と――。

その考えが変わったのは、義経の逃亡後、夫の河越重頼と息子小太郎が捕らわれた時であった。

(これが、御所さまの真の狙い――)

二重三重にもめぐらされた頼朝の意図を、まったく見抜けなかったことが悔しくてならない。

頼朝は第一に義経を平家討伐に利用し、その後、捨てる考えだった。だが、義経を油断させたり、出陣させたりするためだけなら、何も娶《めと》らせる必要はない。そんなことをしなくても、義経は頼朝の言いなりになって出陣しただろうし、平家を滅ぼしただろう。また、義経は人を疑うことをあまり知らぬような人柄であったから、油断させる必要がそもそもない。

そこで、頼朝はさらに考えを進めた。義経の切り捨てと抱き合わせにして、邪魔者を片付けられれば、一石二鳥だ、と――。

河越氏が選ばれた理由は分からぬでもない。武蔵国に古くから力を持つ秩父氏嫡流だったからだ。伊豆で挙兵し、相模《さがみ》の鎌倉に拠点を置いた頼朝にとって、恭順を誓ったとはいえ、武蔵武士は脅威である。万一にも河越氏を中心に武蔵武士が反旗を翻したとしたら――。いや、それ以前に、対立する奥州藤原氏と手を結びでもしたら――。

取りあえず、秩父氏の嫡流を滅ぼしておけば、武蔵武士の結束は避けられるだろう。もちろん下手な難癖の付け方をすれば、逆に武蔵武士がこぞって鎌倉に背きかねないから、事は慎重に進める必要がある。他の氏族が関わりようもない形で、河越氏だけを処分する方法を考えなければ――。

それが、義経に河越氏の娘を娶らせることだったのだ。

義経を処分することは決まっているのだから、そのついでに、河越氏の謀反もでっち上げればいい。その時の頼朝には、重頼や小太郎を殺す考えまではなかったかもしれないが、都合のよいことに郷が実家へ戻らず、義経と行を共にしたことで、河越氏を疑う下地は十分に作られた。

朝子が娘の気持ちを推し量ってみるに、おそらく義経が逃亡を決めた時にはもう、子をみごもっていたのだろう。身重の体で実家へ帰ることも考えたかもしれないが、出産後、その子が無事に生きていられる見込みはないと考え直し、夫に従ったと思われる。その娘の判断は決して間違っていなかった。

郷と同じ立場で、鎌倉方に捕らわれた義経の妾《めかけ》の静御前《しずかごぜん》は、鎌倉で出産後、生まれた男子を殺されてしまったのだから。

娘は何一つ悪くない。悪いのは、この原因を作った朝子自身である。頼朝の本心を見抜けなかった自分が悪いのだ。だが、夫も母も見抜けなかったことではないか。そのことで自分一人が責められるのはやりきれない。

いや、現実には誰一人、朝子を責めはしなかった。だからこそ、つらい。誰も責めてくれない代わりに、自分で自分を責めなければならないのだから。

自分を責めるのに疲れ果てると、朝子は頼朝を責めた。恨みたいわけではない。一度はその妻になることを夢に見、兄妹のように育った相手でもある。

だが、夫と子供たちの不幸をもたらしたのがすべて頼朝だと思えば、恨むなという方が難しかった。

どうして私なのか。どうして、私の夫や子供たちだけが、奪い取られなければならないのか。それをする人がどうして幼い頃から主君と仰いだ人であり、私がお育てする万寿君の父親なのか。

運命を呪う言葉は、後から後からあふれてくる。自分ではもはやそれを止めようもない──そう思った時、母屋へ比企尼が戻ってきた。

膝の上で丸くなっていた琥珀が首をもたげ、前足で顔をこすったものの、何ごともなかったようにまた丸くなった。

比企尼は静かに着座すると、

「御所さまからの使いの者が、そなたにもよろしくと言うておった」

と、告げた。何がよろしくだ。頼朝の言葉など聞きたくもない。頼朝の話を耳に入れるのも汚らわしかった。

無言のまま端座する朝子に対し、

「御所さまを恨むなと申すは、無理であろうな」

と、比企尼は独り言のように言う。そんなことは言うまでもない。母は孫を殺されてまで、まだ頼朝を許そうというのか。我が子のように育てた主君に対しては、我が子を思うのと同じくらいの、いや、それ以上の情をかけてしまうというのか。

母がそうしたいならすればいい。そのことまで責めるつもりはなかった。だが、自分は断じて頼朝を許すつもりはない。

「郷のことであれば、御所さまの言質《げんち》を取ってある」

やはり独り言のように、比企尼は呟いた。何のことかと、朝子は顔を母の方へ向けた。

「そなたには慰めにもなるまいと、言うていなかったが……」

「言質とは……？」

「河越殿と小太郎の命乞いに参った時のことじゃ。御所さまはそれは聞き容れなんだが、郷とその娘を殺さぬことは私に誓うた」

「あの方の誓いなど……」

生まれたばかりの静御前の赤子を、由比ヶ浜の海に捨てさせたことを思えば、そんな誓いに何の意味があるとも思えない。必要と思えば、頼朝は郷の命もその娘の命も奪うことであろう。

「御所さまは私に嘘《うそ》は吐かぬ」

と、比企尼は冷えた声で告げた。母とも思う比企尼に対して、頼朝が嘘を吐かないのは本当かもしれない。だが、だから何だというのか。

「御所さまは判官殿を助けるとは言わなんだ。判官殿の息子を助けるとも言うておらぬ」

つまり、郷の産んだのが娘だから助けるということか。それが男子であれば、静御前の赤子のように殺すということなのだろう。

容赦がない。あまりに非情である。

「恨むなとは言わぬ。されど、御所さまが守ろうとしているのは己の身だけではない。万寿君を思うてのことでもあるのじゃ」

分かってやってほしい——というふうに、比企尼は小さく息を吐き、口をつぐんだ。
母は頼朝につくづく甘い。自分の心はもう、母に寄り添うことはできぬだろうと、朝子は思った。

三

郷とその娘の命を奪わないと誓ったからといって、頼朝に対する朝子の気持ちが和らいだわけではない。だが、義経は助けないが、郷は助ける。義経の息子は助けないが、娘ならば助けよう。この理屈はいかにも頼朝らしかったし、守る気があると望みをつなぐこともできた。

ならば、奥州の藤原秀衡の死去により、義経の身が危うくなっても、郷とその娘は助けてもらえる。もしかしたら、この手に娘と孫を抱くことが叶うかもしれない。

朝子の心に初めて期待の火が点《とも》った。

とはいえ、義経が生きている間に、郷がそのそばを離れることはないだろう。娘が帰ってくるとすれば、義経死後のことになる。

その時、郷は頼朝のことを——頼朝に従う人々のすべてを深く恨んでいるかもしれない。その矛先は朝子に向けられる恐れもあった。

（でも、そうだとしても——）

どんなに詰《なじ》られても、罵られてもかまわないから、娘にもう一度会いたかった。そして、一目だけでも孫娘の顔が見たい。

そんな願いが叶う日もあるかもしれぬと、朝子が思い始めた矢先の五月初旬。

朝子のもとに、これ以上はないほど忌まわしい知らせが届けられた。

奥州の高館《たかだち》で暮らしていた義経のもとへ、亡き藤原秀衡の跡を継いだ泰衡《やすひら》が兵を差し向けたというのである。義経はわずかな手勢と共に戦ったものの、自刃して果てた。その上、同じ館で暮らしていた郷と四つになる娘は、義経の手にかかって共に死んだという。

頼朝自身が手を下したわけではない。だが、藤原泰衡が義経に兵を向けたのは、義経を引き渡せという頼朝からの威圧に追い詰められた果てのことであった。

「どうして、私の子供たちばかり――」

こうもつらい目に遭わされねばならないのか。

「どうして――」

唐突に目の前が暗くなっていく。朝子の意識はぷつりと途絶えてしまった。

――どうか、夫と息子に会わせてください。

――夫は断じて謀反など企む人ではありませぬ。そもそも、京においでの判官殿と、どうやって謀反の企みを話し合うというのですか。

——御所さまにお目通りさせてください。お会いして私からお話しすれば、分かっていただけるはずです。

甲高い女の声がひっきりなしに耳もとで鳴っている。

ああ、いったい誰の声なのだろう。何て必死な声なのだろう。よほど切羽詰まっているのに違いない。だが、聞いているとたまらない気持ちになってくる。あまりに必死すぎて切ない。

もう耳を塞ぎたいと思うのに、なぜかできない。女の声は絶えることなく朝子の耳の奥で鳴り続けているのである。

やがて、気づいた。ああ、これは私自身の声なのだ、と——。

夫と息子が捕らわれ、河越氏の所領をすべて没収されたあの時、自分が北条政子を前に涙ながらに訴えた時のことであった。

夫たちへの処分が下されたのはあまりに急で、言葉を交わすこともできなかった。朝子が万寿の乳母として御所に上がっている間に、夫たちが捕らわれてしまったのだ。

朝子は捕らわれこそしなかったが、河越家の館へ戻ることは許されず、母の比企尼が暮らす比企ヶ谷の館で謹慎するよう告げられた。朝子が北条政子に執り成しを頼んだのはこの時で、もしいったん比企ヶ谷の館へ入ってしまえば、もはや頼朝に会う機会は得られないと踏んでのことであった。

頼朝が義経を謀反人とするのはやむを得ないことであったが、河越氏をどうこうするとは思えなかった。きっと何かの間違いか、さもなくば、頼朝が誰かにそそのかされているのだろうと、朝子は信じていた。

「よろしいですか、河越乳母殿」

と、政子は抑揚のない声で朝子に告げた。

「あなたは今では謀反の疑いをかけられた者の身内なのです。そのあなたを捕縛しないだけでも、御所さまの温情だと察してくださらなければ――」

物言いはふだんと変わらぬ丁寧なものであったが、政子が他人事のように考えていることは明らかだった。この人は私のことを少しも気の毒に思っていない。

政子を相手に話をしても意味はない。とにかく頼朝に会わせてさえもらえれば――。頼朝は必ずや自分の訴えに耳を傾けてくれるだろう。夫婦になることはなかったが、今でも自分のことを妹のように思ってくれているはずだ。その夫と息子を捕らえよなどと、頼朝が命令するはずがない。

「御所さまに会わせていただければ、その後はすぐに母のもとへ参ります。とにかく、御所さまに一目だけでも――」

「御所さまは種々の役目がおありなのですから、あなた一人の訴えを聞くお暇などありませぬ。ご夫君とご子息のことは御所さまにお任せして、あなたはお言いつけ通りに引き取りなさい」

政子はそう言い置くや、話は終わったとばかりに、その場を離れてしまった。追いかけようと立ち上がりかけたが、政子に仕える女房たちが左右から腕をつかんでくる。

「御台さまっ。どうかお取り次ぎください。どうか、御所さまに――」

政子が使いを送ってくれさえすれば、頼朝はこの小御所《こごしょ》へ足を運んでくれるだろうに、政子はその労さえも取ってくれなかった。

「……姦《かしま》しいこと」

あまつさえ、去り際に呟いた言葉がそれだった。独り言のようだったが、朝子の耳にはっきり届いた。

これほどの屈辱を覚えたことはかつてない。幼い頃から頼朝と一緒に育ってきた自分が、どうしてこの女からこうも軽くあしらわれなければならないのか。

「もうおあきらめ遊ばせ」

政子の衣擦《きぬず》れの音も聞こえなくなり、放心していた朝子の耳に語りかけてきた女の声があった。朝子が政子を追えぬよう、両腕を押さえていた女房たちはすでに離れている。

「河越殿のご一家のことは不憫《ふびん》に思っておりますよ」

と、その女は言った。

「かく言う私の夫も判官殿の縁者ですから、気が気ではなくて」

もちろん私の夫は謀反など企んでおりませんが――と、女の声はそこを強調した。判官殿の縁者という言葉に引かれて、朝子が顔を上げると、女はあいまいな微笑を浮かべた。

今の事情を知りながら、この自分に笑みを見せるとは、どういうつもりなのだろう。馬鹿なのか、行きすぎた嫌みなのか、それとも企みでも持っているのか。腹立たしいより、薄気味悪さを覚えたが、顔に出すのを朝子はこらえた。女が北条政子の妹だったからだ。

阿波局《あわのつぼね》――と、御所では呼ばれている。阿波局の夫は、義経の同母兄全成であった。義経の同母の兄が無事であるのに、血もつながっていない自分の夫と息子が、どうして捕らわれなければならないのか。仮に義経が頼朝への謀反を企んでいたとして、その謀《はかりごと》の相手となるのは血もつながらぬ河越氏より、最も血の濃い兄全成という方があり得る話だろう。

それなのに、この女も夫も捕らわれることなく、私の夫と息子だけが捕らわれるなんて。

あまりの理不尽さに、どうにかなりそうだった。

阿波局は余計なことだけ言い残して、去っていった。まったく不愉快極まりない女であった。あのままこの場に居残られては、自分が何をするか分からなかったので、立ち去ってくれてありがたかったと思う。

不安に押しつぶされそうになった心に、怒りとやりきれなさがのしかかってくる。さすがに力ずくで追い出されるようなことはなかったが、朝子はその場に放り捨てられていた。

温かくて柔らかな何かが寄り添ってきたのは、どのくらいの時が経ってからのことだったろう。

「めのとどの」

朝子の膝にちょこんとのり、顔を心配そうに見上げてきたのは、その時、四つになる万寿であった。別の部屋にいたはずだが、いつの間にやら、朝子の居場所を探し当ててやって来たらしい。凪子や宗子が付いていたはずだが、どうしたのだろう。

そんなことを思ったのも一瞬だった。

「どうかしたのか？」

心配そうに問いかけられた時、朝子は小さな万寿の体を抱き締めていた。

「若君――」

この子は何と温かいのだろう。誰も私を案じてくれない鎌倉の御所で、若君だけは私のことを心配してくれる。

朝子は万寿を抱き締めながら泣いた。だが、抱き締められ慰められているのは、朝子自身の方であった。

「叔母さま……」

朝子が目覚めた時、最初に目に入ってきたのは早苗であった。

今年で九つになったこの少女は、夏の陽射《ひざ》しのようにまぶしく、勝気で元気がいい。

「まったく弟たちより勇ましくて」と母の凪子は嘆いているが、むしろ朝子には早苗のそんな姿が好ましかった。

いずれ年がいけば、その勇ましさは影を潜めるだろう。そして、その時、この娘はさぞかし美人になる。

朝子にはそれが分かった。なぜなら、この姪は少女の頃の自分に顔立ちが似ていたからだ。実の娘の郷は目立たぬ容貌で、むしろこれが私の娘かと思うことさえあったが、早苗は自分によく似ている。容姿だけでなく勝気なところもそっくりだ。

この早苗が武蔵国で暮らしていた頃、郷を慕っていた気持ちはよく分かる。自分とはまるで異なる穏やかで優しい従姉を、本当の姉のように思っていたのだろう。

早苗は、郷が奥州へ落ち延びたと知って以来、朝子のことを気にかけてくれるようになった。頻繁に離れへ足を運び、朝子の話し相手をしてくれる。活発な少女が好んで尼の話し相手になるわけがないから、郷の代わりを務めようとしてくれているのだろう。

その気持ちが朝子にはたいそうありがたかった。

今も朝子が倒れたと聞いて、心配して駆けつけてくれたに違いなかった。

早苗の目が赤くはれていることに、朝子は気づいた。

「郷のこと、聞いてしまったのですね」

朝子が問うと、早苗は悲しそうに瞼《まぶた》を伏せた。

「郷姉さまも……叔母さまもおかわいそう」

朝子とは目を合わせぬまま、早苗が呟く。

「優しいことを言うてくれる」

朝子が横たわったまま手を差し伸べると、早苗は慌ててその手を握ってくれた。

「郷姉さまの代わりに、私が叔母さまの娘になります」

小さな手から活力が注ぎ込まれるようであった。

「ですから、元気をお出しください」

「ありがたいこと……」

目の奥が熱くにじんだが、泣くわけにはいかない。一人生き残った自分が人から労られ、大事にされてよいはずがなかろう。夫や息子、娘に対し、合わせる顔がないではないか。

朝子は早苗の言葉に感謝しつつ、泣くのは懸命にこらえた。

「されど、私は今、優しくされるより詰ってもらった方がよいのです」

ようやくそれだけ口にする。早苗は目を大きく見開いた。

「どういうことですか。お気の毒な叔母さまがどうして詰られなければならないのでしょう。叔母さまは悪いことなど何もしていらっしゃらないではありませんか」

「いいえ、そうではありませぬ」

自分は詰られるようなことをした。

本当は娘の本心を知りながら、何も気づかぬふりをして縁談を進めてしまった。義経と共に死んだ娘を思えば、夫婦の仲は睦《むつ》まじいものだったのだろうし、義経の妻となれて幸いだったと、郷は言ってくれるかもしれない。それでも、縁談を進めた自分の心に我欲があったことまで許されていいはずがないだろう。郷がよいと言ってくれても、夫や小太郎が許してくれるはずがない。

「それなのに、殿も小太郎も一度も私を詰らなかった……」

いっそ激しく詰ってほしかったと思う。どうして郷を義経などに嫁入らせたのか。あの縁談さえなければ、河越氏が滅びることもなかったものを。すべてそなたのせいだと言ってほしかった。何もかも母上が悪いと詰ってほしかった。

それなのに、謀反を疑われて捕らわれた後、朝子は一度も夫と息子に会わせてもらえなかった。何もできずに、比企ヶ谷の館に引きこもっている間に、夫と息子は殺されてしまったのだ。その前で許しを請うことも、二人が自分を詰る言葉を聞くこともできなかった。

朝子が感情に任せて語る話をじっと聞いていた早苗は、やがて、

「河越の義叔父《おじ》さまも小太郎兄さまも、決して叔母さまを責めたりはしなかったと思います」

と、言った。

「叔母さまのせいだなんて、そもそも思わなかったはずですもの」

早苗の言葉が弱った自分を慰めようとしてのものだとは分かる。だが、真実を衝いてもいた。おそらく、あの時、対面できたとしても、夫や息子は自分を責めたりしなかっただろう。朴訥《ぼくとつ》で優しい夫であり、息子もその血を受け継いでいた。娘の郷もきっと母親を責めたりはするまい。

優しい一家の中にあって、自分だけがわがままだったと朝子は改めて思い至った。

「悪いのは、御所さまと判官さまです」

決めつけるような口ぶりで、早苗は続けた。

「お二人が勝手に仲違《なかたが》いして、それに郷姉さまたちを巻き込んだのでしょう。叔母さまたちがお気の毒です」

労ってくれる早苗の言葉は心を楽にしてくれる。それに甘えてはいけないが、娘の死の知らせに傷ついた今はすがり付きたい気持ちであった。

「叔母さまは何も悪くない」

早苗の声は次第に昂《たかぶ》ってくる。この少女に何を植え付けたというわけでもないのに、自分の心にぴたりと寄り添ってきてくれるのが不思議だった。

そう、悪いのはすべて頼朝と義経だと、朝子も思いたかった。泣いてはいけないと思っていたのに、涙が勝手にあふれ出てくる。

「郷姉さまの仇《かたき》は私が討ちます」

早苗は声を張って告げた。

仇を討つとはどういうことか、この少女は分かっているのだろうか。

この鎌倉に暮らしながら、頼朝を恨み続けるのはつらいことである。朝子は身をもってそのことが分かっていたし、それは早苗の行く末にとっても決してよいことではない。

だが、そんなことを口にしてはならぬ——とは、朝子は言わなかった。

早苗自身、郷の死に動転しており、何か言わずにはいられぬのだろう。

「だから、叔母さま。元気を出して」

朝子の涙につられたのか、早苗も泣き出しそうな顔になる。その真剣な眼差しを黙って受け止めつつ、朝子は空いている方の手を差し出し、早苗の手に重ねた。

「そなたも気をつけなさい」

朝子は一言忠告した。早苗は虚を衝かれた表情を見せたが、唇を引き締めうなずき返す。

この姪は自分に似すぎている。その生涯が決して自分のようにはなりませぬよう――

朝子は心の底からそう祈らずにはいられなかった。

三章　範頼始末と丹後内侍

一

　間もなく、朝子は娘たちの後を追うように、ひっそりと亡くなった。朝子の飼い猫だった琥珀はいつの間にやら姿を消し、比企ヶ谷を隈《くま》なく捜し回ってもついに見つからなかった。

　それから歳月は流れ、四年後の建久《けんきゅう》四（一一九三）年、早苗は十三歳、万寿と三郎は十二歳になった。万寿はすでに元服し、名を頼家《よりいえ》と改めている。

　この年の五月、頼朝は富士の裾野で巻狩りを催したが、頼家もこれに初めて加わることになった。比企家からは、やはり元服して宗員《むねかず》という名を得た三郎が付き従う。

「そなた、ちゃんと弓を引くことができるのでしょうね」

　早苗の目に、弟はまだ一人前の武士とは見えなかった。

「弓が引けなくて、若君のお供を仰せつかるはずがないだろう」

　三郎は憮然《ぶぜん》として言い返したが、その顔に自信の色はない。動かぬ的に中《あ》てることはできたとしても、動く獲物を捕らえるのはまた違うのだろう。

巻狩りとは狩場を四方から取り巻いて、その中に獲物を追いつめ捕らえる狩猟であった。

「若君のお邪魔にだけはならないようにね」

と、早苗が言えば、気の弱いところのある弟は、不服そうな顔をしただけで言い返してはこなかった。

元服して大人の形《なり》になっても、早苗にとって頼家は「若君」であり、宗員は「三郎」のままである。巻狩りで獲物など仕留められまいと高をくくっていたのだが、案に相違して、頼家は見事、鹿を射止めた。

少年が初めて大きな獲物を射止めた時には、それを祝う「矢開き」の儀式が行われる。形に則《のっと》り餅を山の神に供えたりするのだが、頼家がこれに臨んだ時の様子が、翌日には鎌倉にいる政子のもとへ伝えられた。それを傍らで聞いていた凪子が比企ヶ谷の館に帰ってきて、「さすがは若君」と我がことのように騒ぎ立てたので、早苗もそのことを知った。

「へえ、若君も大したものね。意外だったわ」

かつて俵藤太に助けを求める女の役をやっていたあの若君が――と思えば、不思議な気がしてならない。ところが、早苗の不躾《ぶしつけ》な物言いに凪子が顔をしかめた。

「若君に対するその無礼な言いようを改めなさい。いずれ鎌倉殿になられるお方なのですよ」

「そんなことを言われたって、急には無理だわ」

早苗が頼家と顔を合わせる時はいつも、三郎と弥四郎が一緒であった。三郎と同い年の頼家には、つい弟に対するのと同じような口の利き方をしてしまう。頼家もそれを咎《とが》めるではなかったし、たまに早苗が母から注意を受けた時にも、自分がそう頼んだのだと言って早苗を庇ってくれた。

初めて会った日に、大事な剣を触らせてくれた時からずっと、頼家の大らかさは変わっていない。そして、あの日、その優しさに惹《ひ》かれて以来、早苗はずっと頼家のことが好きだった。しかし、掛け替えのない人とまで思うわけではない。頼家の他に、他家の同い年くらいの少年を知らないというだけのことだ。

「何にしても、わずか十二歳で鹿を仕留められるなんて、めったにないことだと御所さまも褒めておられたそうよ。あまりにお喜びになったから、御台さまに使者を立てようということになったのですって」

「それじゃあ、御台さまもさぞ鼻高々でいらしたでしょうね」

早苗が言うと、凪子は不意に表情から笑みを消した。

「それが、実はそうでもなかったのよね」

と、怪訝《けげん》そうに凪子は首をかしげた。

「私も御台さまのおそばで、使者の口上を聞いていたのだけれど、御台さまは『武将の嫡子なら、鹿を射るくらい稀有《けう》なことではありますまい』とおっしゃったの。こんなことをわざわざ知らせにやって来るなんて、粗忽者《そこつもの》だとまで言われるものだから、使者は面目を失くしていたわ」

「その使者だって御所さまのご命令に従っただけでしょうに、お気の毒さまね」

だが、本当に気の毒なのは頼家である。政子のそうした態度を耳にすれば、頼家はどんな気持ちになるだろう。繊細なところのある頼家の心を思いやり、早苗は不憫になった。

「御台さまはどうしてそんなに冷たい言い方をなさったの？　若君のことを嫌っていらっしゃるの？」

母に尋ねると、「そんなことはありません」と母は大きく首を横に振る。

「じゃあ、弟の千幡《せんまん》君の方がかわいくなってしまわれたとか？」

頼朝と政子の間に二人目の男子が生まれたのは、昨年のことである。他には姫が二人だったので、男子の誕生に頼朝夫妻が喜んだのは言うまでもない。

「母親にとって、子は等しくかわいいものです。御台さまだって、それは同じこと」

と、凪子はややむきになった口調で言った。

「でも、千幡君の乳母は、御台さまの妹の阿波局さまなんでしょう。阿波局さまはしょっちゅう御台さまのもとに入り浸り、御台さまも千幡君をそばに引きつけて離さないんですってね」

叔母の宗子や、小御所へ行った三郎から聞いた噂を口にすると、凪子は苦い顔つきになった。

「それは、千幡君が幼くていらっしゃるからです。幼い子と十歳《とお》を超えた子の慈しみ方に違いが出るのは、当たり前でしょう」

何もそんなにまくし立てなくてもいいのに、と早苗は思う。そんな態度を見せられれば、嫌でも気づいてしまうではないか。政子が頼家よりも千幡を慈しんでいることを、凪子は気に病んでいるのだ、と。

妹の阿波局が政子のもとに遠慮なく入り浸るのは分かる。一方、頼家の乳母である凪子や宗子は、政子のもとへ出入りするのに、気兼ねしないというわけにはいかない。貴人の子供は乳母に育てられるので、ともすれば、生母との距離が遠くなることもあり得た。今の調子で千幡が育てば、千幡と政子の距離は頼家のそれよりずっと近いものとなるだろう。

(阿波局のご夫君は、御所さまの弟で、判官さまには同母の兄君でいらっしゃる)

確か、名は全成。

もちろん顔は知らないのだが、早苗は頼朝や義経に関わることはどんなことでもしっかりと頭に留めることにしている。いずれ郷と朝子の仇を討つ時のために――。今はまだ、そのために何をすればよいのかさえ、分からなかったけれども。

「とにかく、いい加減な噂話を信じて、若君と御台さまの仲が悪いなどと申してはなりません」

凪子は先ほどまでの上機嫌もどこへやら、最後は厳しい顔になって告げた。

政子が頼家の手柄を手放しで喜ばなかったのも、千幡をかわいがっていることも、決していい加減な噂話などではないはずなのに。

しかし、これ以上、母の機嫌を損なってもなるまいと、早苗は口をつぐんだ。

富士の巻狩りで思いがけぬ事件が起こったのは、その数日後のことである。

曾我十郎祐成《そがじゆうろうすけなり》、五郎時致《ときむね》の兄弟が、父の仇討ちと称して、御家人の一人工藤祐経《くどうすけつね》を討ち取ったのであった。

この事件の知らせはもちろん、急ぎ鎌倉の政子のもとへも届けられた。この時、曾我兄弟の仇討ちの一件と共に、

「その際、御所さまの宿舎へ賊どもが襲いかかり、御所さまはご落命、若君は行方知れずとのこと」

と、伝えられたのである。

政子は激しく動揺し、鎌倉御所は大騒動になった。

もちろん、このことは比企ヶ谷の館にも同様に伝えられた。

「若君が行方知れず――？」

曾我兄弟の仇討ちや頼朝の死去より、早苗は頼家の生死のことが第一に気にかかった。

それは凪子も同じで、帰宅した時からずっと病人のような顔つきである。

「父上や三郎のことは分からないのですか」

気を取り直して、早苗は尋ねた。

「それも何とも。ですが、若君の御身をお守りして、共にいることでしょう」

その母の言葉は大いに納得できる。父や弟が必ず頼家のことを守ってくれるはずだ。

早苗は皆が無事であるようにと心から祈った。

「御所の方はどうなっているのですか」

母に問うと、留守居役の源範頼に指揮を執ってもらうことになったという。頼朝の弟である範頼はただちに政子のもとへ駆けつけ、「この私が控えておりますゆえ、ご安心を」と励ましたらしい。

「あの方がこんなにも頼もしく見えたのは、初めてだったわ」

と、凪子は感心した様子で言った。

「これまでは御所さまの陰に隠れて、あまり目立たなかったけれど、やはり源氏の棟梁のお血筋なのですねえ」

と、凪子が言う範頼も、比企家と無縁の人ではない。

比企尼の三人の娘のうち、長女の遠子が安達盛長との間に生《な》した娘、長子《ながこ》の夫だからである。比企尼の孫娘である郷が頼朝の弟に嫁いだように、長子も頼朝の弟に嫁いだのだ。

早々に頼朝から疑いをかけられ、苦労の末に命を絶たれた義経夫妻とは異なり、範頼と長子は平穏な暮らしを送ってきた。日頃は範頼の所領である武蔵国横見《よこみ》郡吉見《よしみ》に暮らし、その邸《やしき》は吉見御所と呼ばれているらしい。二人の間には息子も生まれていた。

しかし、頼朝が死んだとなれば、範頼たちもこれまでのように、のんびりと暮らすわけにはいかなくなるだろう。頼朝の後継者と見なされていた頼家の生死も定かでない今、鎌倉の政権そのものが危うくなる。それがすべて範頼一人の肩にかかっていくことにもなりかねないのだ。

鎌倉の人々がこぞって不安を抱える中、早苗はただ頼家の無事だけを願っていた。口には出さぬその切実な思いを察したのか、乳母の津留は「姫さま」と膝を進めて言う。

「鶴岡八幡宮へ参詣なさってはいかがでしょうか」

鎌倉へ到着してすぐ足を運んで以来、鶴岡八幡宮には何度もお参りをしてきた。といっても、月ごとの参詣を欠かさないという程度のことで、何かを強く祈願するために参拝したことはない。

だが、頼家の無事を祈る今こそ、そうするべき時であると思う。

「参りましょう」

早苗はすぐに応じ、その日のうちに、津留一人を供連れに八幡宮へ出向いた。

五月の下旬、早苗の内心を映し取ったかのように、薄曇りの空模様である。

「なかなか梅雨が明けませんね。お帰りまでもてばよいのですが……」

と、空を見上げながら、津留は雨を気にしている。早苗は黙って空を見上げた。その眼差しがつい西の方――富士の裾野の方を向いてしまう。富士の霊峰は見られなかった。

「姫さま……」

津留から気遣うように声をかけられ、早苗は気を取り直して歩き出した。

参道を行く人の数はいつもと変わらぬように見える。ただ鳥居をくぐって神社の中へ入ると、神職や巫女の姿がいつもより多く見受けられ、祝詞の声も聞こえてきた。巻狩りに出向いた人々の無事を願って祈禱《きとう》を捧げているのだろうか。

早苗と津留は拝殿へ向かって進み、いつもより長い時をかけて、神に祈った。

（若君をお守りください。どうか、若君がご無事な姿で私のもとへ帰ってきてくださいますよう）

ただ、そのことだけを一心に祈り、やがて目を開けると、すでに津留は参拝の姿勢を解いて早苗を待っていた。

「今日はこれでよろしゅうございますか」

と、問う津留にうなずき、二人は来た道を戻り始めた。その時、津留がさかんに目をあちこちに動かしているのに気づき、「誰かを探しているの」と早苗は問うた。

「いえ、探しているというわけでもないのですが……」

今日は神職や巫女が多く見られるので、もしかしたら前に会った巫女がいないかと思って見ていたのだと、津留は答えた。

「私の前途を口にした巫女のこと？」

「さようでございます。姫さまが貴いお方の妻になられると申しましたあの――」

予言を最後まで聞かなかったので、気になっているのだと津留は言う。

「卜《うらない》や人相見《にんそうみ》として名を上げた人でもないのだし、あまり信じるのはどうかと思うけれど」

「いいえ。名乗らなかっただけで、世間に知られた人相見かもしれません。それに、あの者の言葉は途中までしか聞いておりませんが、確かに当たっていたと思われるのです」

「私はまだ誰の妻になると決まってもいないわ」

「決まったようなものではございませんか」

津留はさも当たり前だという口ぶりで言う。

「それはどういうこと?」

津留のきっぱりとした物言いに、純粋な驚きを覚える一方、何とはない腹立たしさと気恥ずかしさも覚えて、早苗は訊き返した。

「姫さまのご夫君となるのは、御所さまの若君より他にございますまい」

その答えは予測できなかったわけでもないが、早苗はわざと目を瞠ってみせた。

「若君って、あの方は私より年下なのよ」

「一つくらい、どうということはございません。世の中には十も二十も離れた夫婦がいくらもございます」

「でも、父上や母上のお口から、そんなお話を聞いたこともないわ」

「わざわざ許婚《いいなずけ》のお約束を交わすまでもないとお思いなのでございますよ。もちろん、姫さまがお嫌だとおっしゃるなら、私もあえて望んだりはいたしませんが、この度の姫さまのご様子から、そうでないことは分かりましたし」

早苗が頼家を好いているかどうか、これまでは分からなかったが、今回のことではっきりしたと言いたいらしい。頼家の生死不明の知らせを聞き、動揺した姿を、津留には間近で見られていたのだから、言い訳のしようはなかった。

「身近な人が危ういと聞けば、その身を案ずるのは当たり前でしょう」

と、どうにかそれだけ言い返したが、

「まあ、そういうことにしておきましょう」

などと、津留は早苗を軽くいなすような調子で言う。

「私がよいと言っても、若君がよくないと言うかもしれないわ」

「その答えも私には分かっております。姫さまにはまだお分かりにならないのでしょうが、いずれお分かりになるでしょう」

と言った津留はそれまで微笑《ほほえ》んでいた顔を引き締め、早苗の目をまっすぐ見据えた。

「ですが、あの予言の通りになると思えばこそ、私は若君のご無事を確信しております。姫さまのご夫君となる宿世のお方なればこそ、ここでお亡くなりになるはずがない、と」

「…………」

そういうことならば、確かに信じてもよいと思えなくはない。自分がその妻となることで、頼家が無事に帰ってきてくれるのなら、それでいい。頼家が生きていてくれるのならば——。

そう思った時、少し先の参道から、一羽の鳩が飛び立っていった。その飛翔する姿を目で追っていくと、その果てには空が広がっている。

先ほど、雨が降り出しそうに見えた空は、いつの間にやらうっすらと光を帯びていた。

それからも、早苗は毎日のように津留を伴って、鶴岡八幡宮への参拝を続けたが、新たな知らせが鎌倉に届いたのは五月も末のことであった。

早苗の願いが神に聞き届けられたものか、頼家は怪我《けが》一つ負うことなく無事であった。さらに、死んだと思われていた頼朝も生きていたという。

曾我兄弟が亡き父の仇として、一族の工藤祐経を討ち果たしたのは事実であり、誰もが納得のいく話であったが、頼朝まで殺されたというのは不自然である。もしや曾我兄弟は頼朝にも恨みを抱いていたのかと、早苗は思ったものだ。いや、もしかしたら郷や朝子の仇討ちを、曾我兄弟が代わりに成し遂げてくれたのかもしれないと、突飛な空想さえしていたくらいである。

だが、曾我十郎は仇討ちを果たした直後に殺され、五郎は頼朝の宿舎へ踏み込んだ際、搦《から》め取られたそうだ。五郎は斬首を申し渡され、斬られたという。

そして、数日後の六月七日、巻狩りの一行は無事に鎌倉へ帰還した。

頼家が比企ヶ谷の館へ現れたのはさらに数日の後だが、

「よくぞご無事で、若君」

早苗は思わずその姿を見るなり、頼家にすがり付いた。無事だと聞いていても、鎌倉へ帰ってきたと聞いていても、本人の姿を見るまでは安心できないと思っていた気持ちが、やっとほどけていく。

頼家は急にすがり付かれて困惑したのか、「う、うむ」と返事をしたまま、早苗を振りほどきもしなければ、さりとて抱き留めるわけでもなかった。

早苗は身を起こして、まじまじと頼家の顔を見つめた。まぶしげに目を細める頼家の上品な顔立ちを見ているうち、ようやくいつもの調子が戻ってきた。

「私、若君が謀反人どもに下手な手向かいでもして、殺されたりしたらどうしようと思って」

早苗が遠慮なく言うと、頼家はさすがに鼻白んだ。一方、両親は「何という失礼なことを」と、慌てて早苗を叱りつける。

だが、鶴岡八幡宮の参道で、この人の妻になってもよいと思った内心の決意を、まさか本人や両親に感づかれるわけにはいかなかった。

二

よもや、こんな事態を呼ぶことになろうとは――安達盛長の妻、遠子は不安とよからぬ予感に胸がつぶれそうであった。

（あののんびり屋の婿殿が、御所さまから疑念を持たれる日がくるなんて――）

今は亡き妹、朝子の身を襲った悲運が今さらながら身に迫ってくる。

これまで遠子は、朝子と郷、河越氏をたいそう気の毒だと思ってはいたが、ただそれだけだった。郷と同じく、頼朝の弟に嫁いだ娘の長子に、あの姪と同じ運命が襲いかかるなどとは、思ってみたこともない。

なぜなら、郷の夫となった義経は、平家討伐で戦果を挙げすぎたが、同じように戦場へ出向いた範頼はほとんど活躍できなかったからである。もちろん、それは傍《はた》から見れば、働きが悪いということになり、遠子としては婿の不甲斐《ふがい》なさを嘆くべきところであるが、頼朝の内心を推し量れば、不甲斐ないくらいでちょうどいい。

頼朝以上に目立つ弟は、頼朝にとって必要ないのである。

義経は目立ちすぎたがために、京の朝廷から頼朝への対抗馬として利用され、朝廷からも頼朝からも捨てられた。そんな男に嫁がされた郷は本当に哀れだが、遠子としてはそれが自分の娘でなくてよかったというのが正直な気持ちであった。

娘の長子が嫁いだ範頼は才覚こそないものの、目立たぬところがよいのだ。貴種として、鎌倉の御家人たちからは恭しく扱われているし、内心で多少侮られていたとしても、それが範頼の身を守る鎧《よろい》となる。

そうして無事に命を全《まっと》うし、長子と子供たちを守っていてくれさえすれば、遠子としてはそれ以上を婿に望むつもりはなかった。

しかし——。

範頼はここに至って、虎の尾を踏んでしまった。

頼朝が死んだという知らせを受け、動転してしまったのか、北条政子に「自分が控えているから安心せよ」と言ってしまったのだ。もちろん、本当に頼朝が死んだのならば、その態度は「さすがは頼もしきご舎弟よ」と受け止められるだろうが、頼朝は生きていた。その頼朝が範頼の言葉を耳にすれば、不快になるのは当たり前だ。ましてて、あの御台所のことだから、ことさら大袈裟《おおげさ》に――それも頼朝が喜ぶように話を盛ったのであろう。この場合、頼朝を喜ばせるのは、範頼が野心を抱いて謀反を企んでいると疑われる内容だ。

あの夫婦はそうしたことを口に出さず、阿吽《あうん》の呼吸で察知し合う。かくして、頼朝は範頼を疑い始め、そのことは範頼の耳にも入った。

これまで危うい目に遭ったことのない範頼は、それですっかり縮み上がってしまったらしい。八月に入ってすぐ、頼朝に起請文《きしょうもん》を差し出した。

ところが、ここに「源範頼」と署名してあったことが、頼朝を激怒させた。「己が源氏の一族だと言いたいつもりか」というわけである。

（つまるところ、何を申し上げたところで、難癖をつけられるだけなのだ）

と、遠子は疲れた頭で思いめぐらした。

頼朝はすでに範頼を捨てると決めた。その頼朝に何を言ったところで、範頼の恭順を信じてもらうことはできない。

どうして突然、頼朝がそういう気持ちになったのかは、遠子にも分からなかった。義経と異なり、範頼は頼朝にとってまったく害のない弟としか、遠子には思えない。

また、義経の姻戚となった河越氏が頼朝の脅威となった事情は分からなくもなかったが、安達氏は河越氏ほどの力は持たなかった。

さらに、夫の盛長は安達氏の嫡流でもなく、ただ若い頃からひたすら頼朝に仕えてきて出世させてもらっただけの実直な侍である。その功績に報いる形で、娘と範頼の縁談が持ち込まれたのだろうと、遠子も盛長も考えていた。

（だったら、なぜ――）

自分の知らぬところで、範頼が頼朝の不審を買う言動をしていたのだろうか。あるいは、他の御家人が範頼を盛り立てようという動きでも見せて、頼朝の警戒心を煽《あお》ったのか。もしくは、北条政子が範頼を警戒し、将来の頼家の邪魔になるとばかり、夫をそそのかしたのか。

いや、理由をとやかく考えたところで、今さらどうにもならないだろう。もはや範頼の進退は極まったのだ。遠子がこれからしなければならないのは、範頼を守ることではなくて、娘の長子とその子供たちを守ることであった。

まずは、顔を知る御家人やその妻たちのもとを訪れ、長子と孫たちの助命を頼めるだけ頼んで回る。誰もが遠子を哀れみ、できるだけ力になろうと言ってはくれた。だが、進んで頼朝に意見してくれる人などいないことは、遠子自身がよく分かっている。遠子とて、夫の盛長に助命嘆願させようとは思わなかった。範頼のように下手をすれば、安達家が河越家の二の舞になりかねない。

だから、夫には何もさせず、遠子が娘と孫かわいさから勝手にした、という体《てい》を繕わねばならなかった。その足で、遠子は御所へも行った。政子や頼家たちの住まいである小御所へは行かず、役所として使われる表の御所へ直《じか》に参上した。役人に取り次ぎを頼み、会ってくれるまで動かぬ構えでいたのだが、意外というべきか頼朝はすぐに会ってくれた。

「御所さま」

遠子が願いを口にするより先に、頼朝はうんうんとうなずいた。

「丹後内侍の言いたいことはすべて分かっている」

人払いをした部屋で、頼朝は上座から立ち上がると、遠子の目の前までやって来て、床についたその手を取った。こうした馴《な》れ馴《な》れしい振る舞いができるのには理由がある。頼朝と遠子はかつて深い仲だった頃があるからだ。それればかりではなく、遠子は頼朝の子を産んでいた。

もっとも表向きは頼朝の子ではなく、最初の夫となった惟宗広言《これむねひろこと》の子ということになっている。その子は惟宗忠久《ただひさ》と名乗り、鎌倉へも来て、遠子の子として頼朝とも対面していた。

忠久が頼朝の子であることは、頼朝自身も前夫の惟宗広言も今の夫の安達盛長も知っている。

そして、内情を知っている者も鎌倉にはおそらく大勢いるはずだ。わざわざ口に出して言う者はいないし、この先、忠久が頼朝の実子として扱われることは絶対にないが、それでもこの事実は遠子にさまざまなことをもたらした。

一つは、鎌倉の御家人たちから特別な目で見られ、恭しく扱われたことである。もちろん、北条氏や北条政子からもだ。その点で、等しく比企尼の三人娘といっても、遠子の重みは妹たちより格上であった。

もう一つは、頼朝自身の態度がやはり違っていたことだ。頼朝にとって、遠子は最初に知った女であった。その遠子に対し、身分を超えた遠慮や気恥ずかしさが頼朝の胸には常にある。互いに別の相手と夫婦になり、落ち着いた暮らしを送る今となっても、それは確かにあった。

そうした頼朝への強みを使うとしたら、この時をおいてない。

「私の娘と孫たちをお助けください」

私が長子を思う気持ちは、あなたの息子の忠久を思う気持ちと変わらないのです――

口には出せぬ思いを言外ににじませる。遠子は頼朝の手を握り返した。人目があれば決してできないことだが、もとより人払いを命じたのは頼朝自身である。

「分かっていると申したであろう」

頼朝はふくよかな声で言い、遠子の体をそっと抱き寄せるようにした。この淡い抱擁にはどんな意味があるのだろう。若き日の情熱の再燃では決してない。では、昔の恋人への懐かしさかといえば、それも違う。弟が気の毒な姉を慰めるという体か。これが最も近いように感じられた。

ならばそれでいい。弟としてこの気の毒な姉をどうか助けてください。

「そなたの娘は必ず助けよう」

頼朝の言葉がおもむろに注がれた。

「え……」

喜べばいいのか、嘆けばいいのか、分からなかった。一瞬の当惑の後、激しい失望が遠子の胸を襲った。

頼朝は長子を助けると言った。それは嘘ではないだろう。だが、長子の子は含まれていない。その子らが男子だからだ。範頼の息子を助けるつもりはないと、頼朝は言ったのである。

そういえば、朝子が同じ難に見舞われた時、頼朝は比企尼に「郷とその娘は助ける」

と誓ったそうだ。郷とその娘は義経と共に死んだが、確かに頼朝が手を下したわけではない。しかし、その一方で、頼朝は静御前の産んだ義経の息子を殺している。

私の孫たちは、あの由比ヶ浜から海へ放り捨てられた義経の息子と同じ運命なのだ。

そう思った瞬間、遠子は目の前が真っ暗になった心地がした。

三

自分の口から、これ以上頼朝に何を言っても無駄だと悟り、遠子は御所を去った。そうだとしても、あきらめるわけにはいかない。

もはや、助けを求められる相手は、実家の母しかいなかった。

母であれば――生まれた時から頼朝の世話をしてきた乳母の比企尼であれば、頼朝に意見することができる。先ほど柔らかな言動で遠子の頼みを封じた頼朝を思えば、どれだけ聞き容れてもらえるかは定かでない。それでも、母ならば自分よりももっと上手に、頼朝を手なずける方法を知っているかもしれなかった。

「母上」

比企ヶ谷の館の離れで、遠子は母の前に身を投げ出すように頭を下げた。

かつてここで母と暮らしていた妹の朝子はもういない。が、この日、たまたま母屋にいた当主の能員が、ただならぬ気配を察したのか、同席を申し出てくれた。

もちろん、能員が力になってくれるのであれば、ありがたい話である。しかし、比企家があからさまに範頼の肩を持つ形になってはいけない。比企尼の一族を頼朝が滅ぼすことはよもやあり得まいが、比企家の衰退や滅亡を喜ぶ者はいる。そう、たぶん御台所政子の一族などは——。

「どうか、私の娘と孫たちを助けてくださるよう、御所さまにお願いしてください」

ここへ来る前、頼朝に対面したことも伝えた。自分が懸命に訴え、頼朝がそれにどう返事をしたのかということまで。

「御所さまに対し、情に訴えても無駄じゃ」

と、比企尼はつれないとも感じられる態度で淡々と告げた。

母の言葉は分からないでもない。そして、自分が頼朝の前で失敗を犯したのだということも、はっきりと理解できた。

自分は頼朝に対して、情に訴えようとしてしまった。だが、頼朝にはその思惑を見透かされていたのだ。そして、頼朝はいかにも情のあるふりをしてみせた挙句、自分の頼みごとの半分を受け容れ、半分を厳しく斥《しりぞ》けた。それが自分の聞き容れられる限度だというかのように——。

半分聞き容れてもらえたことで、遠子はそれ以上を要求することができなくなった。だが、遠子があのように訴えなくとも、頼朝は長子の命を奪うつもりはなかっただろう。

頼朝にとって忽《ゆるが》せにできないのは、源氏の血を受け継ぐ男子が自分の息子の他に存在していることだったのだ。

もしや頼朝にとって真の目的は、範頼一人の排除でなく、源氏の血を受け継ぐその息子たちの排除だったのではないかと、恐ろしい想像が湧いてくる。

その途端、遠子は恐怖に動転した。

「長子一人を助けていただけたとて、何でございましょうか。我が子を殺されれば、長子とて死ぬでしょう。長子が死すれば、私も死にます！」

いや、孫が殺され、娘が悲嘆の余りに死んでいく姿など、そばで見ていられるものではない。その時は孫よりも娘よりも、自分が先に命を絶つ。

胸の中にあふれるやりきれなさを、どこまで口にし、どれだけ胸に隠しおおせたのだろう。だが、もはやどうなろうと知ったことではない。命を投げ出そうという時に、遠慮や気遣いなどする余裕があるはずもなかった。

「丹後内侍殿……」

傍らの能員が労るように声をかけてくれた。

目の前の母は何やら深い思いに沈んだ様子で、じっと目を閉じている。

「母上」

私の話をちゃんと聞いていてくださったのか――母の膝を揺り動かしたい気持ちで詰

め寄ると、母が突然目を開けた。

「御所さまがいかなる禍根も絶っておきたいと考えるゆえんは、跡継ぎとなる若君を思うてのことであろう」

「それは分かります。されど、長子の子供たちが若君を脅かすと決まったものではありますまい」

「御所さまにその理屈は通らぬ。その恐れがあるかないかじゃ。少しでも恐れがあるのなら、断ち切らねばならぬとお考えになるのじゃ」

「では、何をどうすれば、御所さまは私の願いを容れてくださるのです？」

母を相手に言葉を荒らげたところで、意味はないと分かっているのに、止めることはできなかった。こうして情を剝《む》き出しにするから自分はだめなのだ。これだから、頼朝からまともに相手にしてもらえないのだとは分かったが、どうすることもできない。すると、

「御所さまの若君に今後何があろうとも――」

母がおもむろに口を開いた。その場の雰囲気ががらっと変わったのが肌で感じられた。

「その御身は比企と安達が命懸けで守り抜く。そなたらにそれを誓えるか」

母の眼差しが遠子へと注がれ、次いで能員へと注がれた。

「誓います」

遠子より先に、能員が躊躇うことなく言い切った。

「私も……いえ、安達もお誓いいたします。夫と息子に否やのあろうはずはございませぬが、お疑いならば、ただちにこの場へ呼び寄せてお尋ねください」

遠子は懸命に述べた。母はゆっくりと首を横に振り、そこまでするには及ばぬと言う。それから、

「では、御所さまと取り引きしてまいる」

と、続けた。そして、遠子と能員が茫然としている目の前で、静かに立ち上がると、歩き出した。我に返ったのは母の背中が廊下へ消えようという時である。

「母上、よろしゅうお執り成しくださいませ」

遠子は深々と頭を下げた。母は振り返ることもなく、無言で去っていった。

「義姉君《あねぎみ》」

頭を下げたまま動けないでいる遠子に、能員が近頃ではあまり口にしなくなった呼称で呼びかけてきた。

「義母上は大したお方だ。取り引きとはよくぞおっしゃったものでございます」

感心した様子で、能員は呟く。

情では動かぬ頼朝に、こちらから差し出せるものを差し出し、望むものを手に入れる。だから、取り引きなのだ。そして、取り引きならば、頼朝が応じるという公算あっての

比企尼の言葉であった。

「仮にこの先、御所さまの想像も及ばぬ事態が起こったとしても、比企と安達の軍勢だけは若君のお味方をする。我らが絶対に裏切らないということを、御所さまは信じられるはずです。我らは親族同士であり、かつ若君あっての比企家ですからな」

口先だけの誓いも、頼家を大事に思う乳母の一族だからという理由も、頼朝には通らないだろう。だが、頼家がこの先手に入れる権力が、比企家の利となることに間違いはない。乳母の一族とは、主家の若君の引き立てで出世していくものだからだ。ゆえに、比企家は絶対に頼家を裏切らない。比企家の縁者である安達家も裏切らない。この理屈は頼朝に刺さる。万一にも、範頼の子を生かしておいて、その子の外戚であることを理由に安達家が頼家を裏切ったなら、その時は比企家が安達家を倒すだろう。家《いえ》の子《こ》、郎党《ろうとう》の戦力から鑑《かんが》みても、比企家の方が安達家に勝っていたから、この理屈も通る。

これだけの材料をもって、比企尼が情に訴えることなく理を通せば、さすがの頼朝も受け容れざるを得まいと、能員は言う。遠子も同じように思った。

おそらく二人の孫は出家させられることになるだろうが、それは致し方あるまい。その子らに、頼朝や頼家への恨みを抱かせないことも、安達家の役目になるはずだった。

（それにしても――）

と、今まで考えてもみなかったことを、遠子はふと思った。源氏の血とは何と呪われていることだろう。

頼朝はどれだけの血縁者とその身内に血を流させるのだろうか。そして、その座を受け継ぐことになる頼家もまた、同じことをするのだろうか。そう思った時、遠子は母の養子となって比企家を継いだ男に声をかけていた。

「あなたの娘は比企家の嫡女。私の娘や郷殿のようにしたくないなら、源家《げんけ》の男を婿にするのだけはおやめなさい」

能員は虚を衝かれた様子で、無言を通していた。

やがて、御所から比企ヶ谷の館へ帰ってきた比企尼は、遠子の望みがすべて容れられたと伝えた。頼朝は長子の命も、その子供たちの命も奪わぬと誓ったという。範頼の男子二人は出家することで許された。範頼自身はおそらく出家ではすまず、命を取られるのだろうが、そこまでは誰の力も及ばぬことであった。

この一件の片が付いたら、一族の故郷である武蔵国の比企郡へ帰ると突然言い出した母に、遠子は驚かなかった。つらいことばかりを耳にしなければならぬ鎌倉に、もはや住んでいたくないのだろう。母を引き留める言葉は吐かず、ただ感謝の言葉だけを述べて、遠子は帰路に就いた。

甘縄《あまなわ》にある安達家の館へ帰る道中、疲労ゆえにぼんやりする頭の中に、来し方《こかた》のあれこれが浮かんでくる。

（私にとって、御所さまはいったいどういうお方だったのだろう）

頼朝のことを何から何まで分かっているような母に比べ、自分は何一つ分かっていなかった。肌を重ねた分だけは分かっていると、思い上がっていたけれども。

今となってはもう遠い昔、頼朝と情を交わした日のことを、遠子はうっすらと思い返した。

あの時、自分は頼朝を愛《いと》しいと思っていたのだろうか。それとも、ただ主家の若君に、女というものを教えて差し上げようと思っていただけなのだろうか。

主家の若君の乳母子が女である場合、成人後、その妻に収まるのはめずらしい話でもない。めずらしかったのは、その候補の娘が三人もいたということだろう。

三人とも、若君の女になるということは考えにくいから、頼朝は誰か一人を選ぶだろうと、遠子は想像していたし、二人の妹たちもそう思っていた節がある。

頼朝より年上なのは長女の遠子だけで、二人の妹たちは年下だった。自分たち三人を公平な目で見たとして、頼朝は最も容姿の優れた朝子を選ぶのではないかと思われた。

そのことをどうこう考えたわけではない。若君と妹が結ばれるのなら、それでいいと思っていた。

だが、遠子はずっと頼朝を好ましく思っていた。乳母子が主家の若君に対し、悪い感情を抱くことはめったにない。そういうふうに育てられるのだから当たり前だ。男子であれば忠誠心を抱き、女子であればそこに思慕や慈しみが加わる、それだけのことであった。

人は年齢に従って大人になる。遠子が大人になり、頼朝が大人になった時、朝子はまだ子供だった。

だから、遠子と頼朝は自然な形で結ばれた。結果として、頼朝と朝子は掛け違い、ついに結ばれることはなかったのである。無論、その間に平治の乱が起こり、四人がばらばらになってしまったという事情も関わるだろう。

だが、情を交わしたことも、子を生したことも、頼朝にとっては何でもないこと——人生のどこかで通り過ぎ、足を止めて見入ることはあっても、行き過ぎてしまえる景色の一つでしかなかったのだ。再び同じ景色に行き合えば、また足を止めることも、目を細めることもあるが、それだけのこと。

では、頼朝が子供の頃からそういう人だったかといえば、遠子にはそうは思えない。情を解さぬ人ではなかったし、そうした機微に疎い人でもなかった。

だが、平治の乱に敗れて父を騙《だま》し討ちにされ、自身は囚《とら》われの身となった挙句、敵の温情で救われたこと、それなのに温情をかけてくれた平家を我が手で滅ぼすことになったこと——そうしたすべてが頼朝の人格に影を落としているのだろう。

頼朝と契りを交わしたことを、悔やむ気持ちはない。頼朝がそのことを何とも思っていないとしても、それを恨む気持ちもない。

自分は娘と孫を救ってほしいと願い、それを聞き容れてもらえた。それでよしとするべきだろう。

ただ、疲れたと思った。もう何もしたくないし、何も考えたくない。その疲労しきった頭の中に、ふと自分が先ほど能員にした忠告がよみがえってきた。

能員と凪子の娘である早苗は、頼家の乳母子である。つまりは、かつての頼朝に対する自分の立場と同じ。

早苗もまた、主家の若君の前に、我が身を差し出す日が来るのではないだろうか。それが早苗自身や比企家にとってよいことだと、遠子には思えなくなっていた。

その行く手に何が降りかかるのかは想像もできない。皆がよかれと信じ、源氏の男に嫁いでいった郷と長子は、誰もが想像できなかった形で不幸を背負わされた。早苗までもが従姉たちの後に続くことになっては、あまりに悲しい。

そう思った上での心からの忠告だったが、能員はあれをどう思っただろう。本来であれば、主家の若君に娘が見初められるというのは、その家の誉れとなる話であるはずだが……。

そう思ううちに、安達家へ到着し、遠子の頭から早苗のことは消え失せてしまった。

安達家の母屋では、夫の盛長と嫡男の弥九郎景盛《やくろうかげもり》が待ち受けていた。遠子は自身が御所へ足を運んだ話は省き、母の比企尼が執り成しを引き受けてくれたこと、頼朝がそれを受け容れたことをかいつまんで語った。

「事後にお知らせする形にはなりましたが、御所さまが蒲殿《かばどの》（範頼）のお子を助けてくださるのは、比企と安達が断じて御所さまの若君を裏切らぬ、何があろうと命懸けで守るとお誓いしたためです。我が母の言葉を、御所さまは比企と安達の言葉としてお聞き容れになったのですが、あなたさまも弥九郎も承知してくださいますな」

遠子が言うと、盛長は「無論だ」と大きくうなずいた。

「もとより命さえ助かるのなら、何でも聞き容れると言うておいたこと。異存などあろうはずがない」

実直なことが何よりの取り得と思える夫に、迷いはない。この夫の気質を受け継いだと見える真面目な息子も、

「私もお誓いいたします、母上」

と、すぐさま答えた。

まっすぐに過ぎるこの父子の承諾は、遠子とて疑う余地がない。比企尼や頼朝が二人を呼んで直答を求めなかったのも、それが分かっているからだ。

ただ、まっすぐすぎる人は、曲がりくねった悪い行く手を想像することもできないだ

ろう。それを示してやるのは、遠子の役目であった。

「何があろうとも、ですぞ。たとえ鎌倉中の御家人がこぞって若君に背こうとも。たとえ若君がどれほど愚かな真似をなさろうとも。それでも、若君に弓は引かぬと、誓ってくださいますか」

「分かっておる。わしはこの先、命懸けで御所さまの若君をお守りしようぞ」

夫はただちに言った。が、息子は少し躊躇っている。

「弥九郎はどうなのです」

返事を促すと、息子は躊躇いがちの表情を改め、遠子を正面から見据えて切り出した。

「もちろん、若君が孤立無援になった時でも、裏切らぬことはお誓いいたします。ただ、私としては、あくまで若君が正しきお方であると考えてのことでしたので」

「それは、若君が正しくなければ、お味方できぬということですか」

遠子の声が緊張し、心優しい息子は再び躊躇いの色を浮かべる。だが、息子は主張を覆さなかった。

「私はそのように考えます。たとえば罪なき人を殺せと命じる主君の命令に、黙って従うことはできぬと思うのですが……」

息子の言うことは分かる。そして、その発言はまったく正しい。だが、頼朝が求めているのは正しさではなく、良《よ》し悪《あ》しを論ずることのないひたすらの奉仕なのである。

「善悪、正邪は立場によって変わることがあるものじゃ」

と、この時は夫が息子を諭してくれた。

「そもそも戦などはその好例であろう。どちらかの陣にだけ正義があるわけではなく、いずれもそれぞれの正義に基づいて戦っておる」

夫の言葉を黙って聞いていた息子は、しばらく考え込む様子で沈黙していたが、やがて憂いの晴れた表情でうなずいた。

「分かりました、父上、母上。若君が何者かと戦うことになった時、私は善悪や正邪を考えることなく、若君が正義と考えればよいということですね」

単純明快に息子は言った。

「分かればよい」

と、夫が落ち着いた声で言う。

「感謝します、二人とも」

遠子はやっと全身の緊張を解いて告げた。ふっと気の遠くなりかけた体を支えてくれたのは、夫の力強い腕であった。

四章　星の井の恋

一

早苗が成人の儀の後、御所へ女房として上がったのは十五の年の冬の初めである。お仕えする小御所へ母の凪子と共に上がり、その日のうちに頼朝と政子夫妻に目通りした。

「比企右衛門尉《うえもんのじょう》（能員）の娘にございます」

しずしずと挨拶する早苗の心は引き締まっていたが、緊張はなかった。

御所へ女房として上がることは御家人の娘ならよくあることで、早苗自身望んでいたことでもある。最も高貴で、最も華やかな場所をこの目で見たいという理由が一つ、頼朝と政子を間近に見てみたいという理由が一つ、最後の理由は頼家がそこにいるということだった。

「ほう、そなたが乳母殿の孫娘か。右衛門尉からも話はよう聞いておる」

初めて顔を合わせた頼朝は、早苗に和やかな目を向けた。

郷姉さまと長子殿を苦しめた人——と思っていたから、その穏やかな物言いがどことなく意外に思えたほどである。頼朝は近付きがたいほどの威厳を備えているわけではなく、やや下膨れの上品な風貌の男であった。この品のよさは頼家にも受け継がれているが、頼家の顔立ちはどちらかといえば目鼻立ちの整った政子に似ている。

「慣れぬこともあるでしょうが、なるべく早《はよ》うここのしきたりを覚えてください」

政子からも言葉をかけられた。

「して、この娘御の呼び名は何といたしましょう」

政子が続けて頼朝に問う。御所では本名で呼ばれることはなく、ふさわしい名を付けられる。小御所の女房であれば、主人となる政子が付けるものだろうが、頼朝が同席していたため尋ねたのだろう。

政子に一任するかと思いきや、頼朝は少し考えた末、

「ならば、若狭局《わかさのつぼね》と名乗るがよかろう」

と、告げた。女房の名は通常、父親をはじめとする近親者の官職名などから採るものだが、

「一族の比企朝宗《ともむね》が守護を務めていた国だからな」

と、頼朝は言う。比企朝宗は一族の傍流で、能員と同じく比企尼の養子として頼朝に臣従していた。朝宗の方が年は上だが、後継者は早くから能員と決まっていたので、朝宗一家は能員一家より下に置かれている。

この朝宗の娘である姫《ひめ》の前《まえ》がかつて頼朝と政子に仕えていた。姫の前が政子の弟、北

条義時《よしとき》の妻となってからは会っていないが、それでも姫の前の美貌は知っている。

「姫の前が去って以来、御所は火が消えたようであったが、若狭が参ってくれたゆえ、また明かりがついたようじゃ」

頼朝は上機嫌な調子で言った。

「火が消えたようとは失礼でございましょう。今の女房たちの立場がございません」

政子が頼朝の失言を咎めたが、頼朝はさして気に留めるふうでもない。

「それは言葉の綾《あや》じゃ。若狭が姫の前のような器量よしだと言うたまでのこと」

ついで、頼朝は姫の前を義時に娶《めあわ》せたのは自分なのだと、手柄を誇るように言った。

何でも、美貌の姫の前を義時が見初め、文を送り続けていたのだが、一年経っても音沙汰がない。見かねた自分が義時を呼び、今後にわたり決して離縁しませんという起請文を書かせた上、姫の前との仲を取り持ったのだという。

「若狭よ、そなたの夫も私が決めてやろうぞ。これも、世話になった比企尼へのご恩返しと思うゆえ」

と、そんなことまで頼朝は言い出す。冗談ではない。自分の夫は自分で決めますと、思わず言葉を返そうとした矢先、

「もったいなきお言葉にございます」

と、傍らの母が先に口を開いてしまった。

「娘もおそれ多いことと思っている様子。されど、今しばらくは御所で行儀作法を習い覚えませんと」

「うむ。ちと気が早かったかもしれぬ」

続けて、頼朝は政子に、弟の義時や時連《ときつら》にも若狭を引き合わせるように、と告げた。

「かしこまりました」

政子は承知したものの、どことなく憮然とした表情で、

「あまり一人の女房に、お目をおかけになりませぬよう」

と、夫に苦言を呈するのも忘れない。

「そういう偏ったご態度が、その女房をかえって追い詰めることにもなりかねませぬゆえ」

主人に特別扱いされた女房が、他の女房たちからいじめられることを暗に示唆しているのだろう。

（これは、私への脅しなのかしら）

早苗——若狭は内心でひそかに思いめぐらしながら、政子を見つめた。

いじめられるのを恐れる気持ちなど露ほどもない。むしろ、頼家の乳母子である自分をいじめてくる女がいるのなら、顔を見てみたいものだ。

大胆にもそんなことを考えていると、頼朝が座を立ち、後には女たちだけが残された。

母は頼家のもとへ行くと言うので、自分も一緒に行きたいと思っていたら、

「若狭はここへ残るように」

と、政子から命じられてしまった。

「それでは、しっかりとお勤めしなさい」

小声で言い残した母がその場を立ち去るや否や、

「そなたは頼家に仕えるのではなく、この私に仕えるのです。そのこと、ゆめゆめ忘れぬように」

と、政子の厳しい声が飛んできた。

「あ、はい。さようでございました」

若狭はわざと、今そのことに気がついたというふうに答えてみせた。それに感づいたらしい政子の眉が吊り上がる。

だが、それ以上の小言が重ねられることはなかった。新たにやって来た者が政子の気を引いたからである。

「姉上、千幡君が今日のご挨拶に、と」

やや派手な紅色の袿をまとった女人が、四、五歳くらいの少年の手を引いている。この子が千幡君か、と若狭は改めて少年に見入った。

「母上、ご機嫌よう」

澄んだ声で挨拶し、政子のもとへ駆け寄る少年に、政子は「おお」と相好を崩した。付き添ってきた女人はその様子を無言で見守っていたが、やがて若狭に目を移すと、おやという表情を浮かべた。平凡な丸顔に厚めの化粧をしているが、それが何を引き立てているとも見えない。政子を姉と呼び、千幡を連れてきたことから、その乳母の阿波局と分かる。

「そなたは……?」

阿波局が首をかしげて呟いたので、

「今日より伺候いたしました比企右衛門尉の娘にございます。御所さまより若狭の名を賜りました」

と、若狭は答えた。

「二人とも」

たちまち政子から声が上がる。

「私が引き合わせる前に、勝手に言葉を交わすなど……」

「あら、姉上」

阿波局は悪戯《いたずら》が見つかった子供のように首をすくめ、袿の裾を翻して、若狭の傍らに座った。

「細かいことはよろしいじゃありませんか。比企家の人であれば身内も同じでしょうに」

　さすがに妹というだけあって、政子相手に遠慮のない物言いをする。それから、政子の言葉など気にも留めぬという様子で、若狭に向き直り、無邪気に笑いかけてきた。

「私は阿波といいます。千幡君の乳母をしておりますの。ああ、遠州《えんしゅう》（北条時政）の娘ですわ。御台さまと同じく」

　口の利き方も、もったいぶった政子と違い、たいそう砕けていたし、少し馴れ馴れしくも感じられる。似たところのあまりないこの姉妹は、果たして仲がよいのだろうかとひそかに疑いつつ、

「ご夫君は阿野《あの》全成さまでいらっしゃいますよね」

　と、若狭もにっこり微笑み返した。

「あら、よくご存じね」

「知らぬ人などおりませんわ」

　政子を余所《よそ》に、挨拶を交わし合ったところで、

「それにしても、姉上。若くて美しい人が来てくれたから、この御所も華やかになってけっこうじゃありませんか」

　と、阿波局は政子へ目を戻して言った。政子はもう返事をしなかったが、怒っているというよりあきれているふうである。阿波局は阿波局で、政子の無言を意にも介さず、

「姫の前以来の器量よしじゃないかしら。やはり、比企家のお血筋かしらねえ」

と、感心した様子で、若狭に遠慮のない眼差しを注ぎ続ける。ただ、その眼差しは少しも鋭くなく、むしろ驚嘆混じりなので、不愉快に感じられることはない。

頼朝もそうだったが、姫の前の美貌はそれを知る人の間では語り継がれるもののようであった。もちろん、姫の前の夫が、この二人の弟の北条義時だからでもあるのだろうが……。

「姫の前とはどういう間柄ですか。お従姉妹《いとこ》くらいかしら」

「あ、はい。形の上ではそうなりますが、父も伯父（朝宗）も養子でございますので」

「あらそう。そういえば、若狭殿はよく見ると、河越尼君に似ておられるわね。あの方もお美しい人でしたから。丹後内侍殿と平賀乳母殿（宗子）も、河越尼君ほどじゃないけれど器量よしでしたわ。あの三姉妹ももう少し若かったら、御所の名物と言われていたでしょうに」

「余所さまの器量を名物だなどと。はしたない物言いはおよしなさい」

たまりかねた様子で、政子が口を挟むと、阿波局は再び首をすくめた。それを見た千幡が声を上げて笑い、政子がたしなめている。

「ところで、若狭殿にご姉妹はおいでではでしたか」

「私がいちばん上で、母を同じくする妹はおりません」

「そう。私たちは同腹だけでもたくさん。姉上がいちばんの器量よしで、伊豆の名物だったけれど……」

政子を持ち上げた言い方には、政子からの制止の声もかからない。

「私は姉上に似ておりませんでしょう？」

不意に、阿波局は屈託のない口ぶりで言い出した。

「さ、それは……」

思いがけない問いかけをされ、若狭が返事に困っていたら、

「遠慮しないでかまいませんよ」

と、阿波局はさばさばした調子で言った。政子は聞こえぬふりをすることに決めたようだ。

「そんなの、娘の頃から分かっていることですもの。でもね、面白いことに、僧侶の夫は器量のよい女は好まないって言うの。だから、私でいいんですって。変わっていると思いませんこと？　ああ、夫の母君は常盤御前《ときわごぜん》とおっしゃってね。お会いしたことはないんだけれども、これがまた評判の器量よしだったそうよ。母君が美人だと、好みが風変わりになってしまうのかしらねえ」

阿波局の口は実に滑らかに回る。若狭はひたすら拝聴するしかなかった。ただ、勝手気ままにしゃべっているようで、実は非常に繊細な配慮をしているのではないかと、若

狭はひそかに思っていた。

政子を不快にさせる言葉は決して吐かないし、上手に持ち上げている。そして、己を卑下するような言葉を交ぜつつ、決して卑屈に聞こえぬよう声の調子に気をつけているのだろう。絶え間なくしゃべり続けていた阿波局の口がぴたっと閉ざされたのは、「お見えになられました」と、誰とは告げずに客人を取り次ぐ女房の声が聞こえた時である。

その後すぐ、

「おやおや、これは皆さま、おそろいで」

何やら賑《にぎ》やかな男の声がして、中肉中背の男と、それより若いほっそりした男が二人連れで現れた。

「と、これは見慣れぬ方がお見えですね」

口を開いているのは若い男の方で、年上の男は無言のままである。

若狭と阿波局が空けた場所に、男たちは座り、政子と向き合った。

「お呼びと聞いて伺いました」

と、年上の男が初めて口を開く。年齢のほどは三十路《みそじ》あたりと見えた。無表情が板についたかのように、あまり感情を表に出さない。一方の若い男は千幡に手を振り、阿波局に笑いかけ、若狭には興味深そうな眼差しを送り、何とも表情豊かな上に落ち着きがなかった。

「新しい女房を引き合わせるべく、そなたたちを呼んだのです」

政子が重々しく言った。

「で、こちらの方がその女房殿というわけですね。お若い上にお美しい。これは、物見高い男たちがこちらへ集まってきて大変なことになるでしょう」

若い男が政子と若狭を交互に見ながら、明るく言う。ただし、その物言いが実に軽い。

「あ、でも、兄上は余所の美女には興味ないですよね。お邸に美しい人を住まわせているのですから」

そう言って、傍らの無口な男の顔をのぞき見るのだが、そちらはまったく動じなかった。

政子が一つ溜息を漏らし、「こちらは比企右衛門尉の娘御で若狭局といいます」と若狭を引き合わせ、それから若狭に目を据えて言う。

「私の弟の四郎義時に、五郎時連です」

二

この人が姫の前の夫なのか、と若狭はまず北条義時の顔をじっくり眺めた。姫の前には比企ヶ谷の館で会ったことがあるが、義時を見るのは初めてである。

義時は若狭に目を向けたものの、その表情に変化はなかった。「よろしくお願いします」と頭を下げた時も、わずかに目礼を返しただけである。この人が姫の前に一年もの間、恋文を贈り続けたなんて本当だろうかと、若狭は疑った。しかし、女に懸想《けそう》する軽々しさは見られぬものの、一度決めたら断じて動かぬといった頑固さがほの見え、それが長期にわたるしつこい懸想になったのかと、想像できなくもない。

義時をひとしきり観察した後、若狭は時連を改めて見つめた。

こちらは、兄とたいそう違っている。目が合うと、にっこりと笑いかけてくるのが身分からすれば軽薄だが、さわやかな笑顔であった。

「いやいや、比企家には美しい女人が多い。これまでもそうは思っていましたが、何より、私よりお年上の方ばかりですからね。同じ年頃の姫がいないかと気を揉《も》んでいたのですが、こんなにも美しい姫を隠していたとは比企殿もお人が悪い」

この滑らかに回る舌がどちらの親に似たのかは知らないが、姉の阿波局にそっくりである。

「ご一族の姫の前は、この無愛想な兄の妻になったのですよ。ということで、あなたはこの私でいかがです？　姫の前よりは楽しい暮らしを送らせてあげられると思うのですが」

しゃべり方もそうだが、話の中身も軽々しい。この男の兄と姉たちは、よくもこんなことを好き勝手にしゃべらせておくものだと内心であきれていたら、「五郎」と政子の厳しい声がした。

「私に仕える女房にさようなロの利きようは無礼でしょう。改めないのなら、ここへの出入りを禁じます」

「おお、こわ」

　時連が肩をすくめてみせ、阿波局がこらえきれぬという様子で吹き出した。政子の膝から離れ、阿波局の膝の上に座っていた千幡がつられたように口もとをほころばせる。政子が時連と阿波局を交互に睨《にら》みつけ、二人は顔を見合わせた後、うつむいた。そして、その間、義時はまったく会話に加わらず、表情一つ変えなかった。

　おそらく、この四人の兄弟姉妹はいつもこんなふうなのだろう。それにしても、姫の前はよく義時の妻になることを承知したものだと驚いた。一年間も無視し続けてきたのは、もしやこの男が嫌いだったからではないのか。そして、頼朝の口利きに抗《あらが》えず、このつまらなそうな男の妻に泣く泣くなったのではないか。

　そうだとしたら、姫の前を気の毒に思うより、自分の行く末が恐ろしくなった。

　先ほどの頼朝の様子だと、比企家への親切だと信じ切った上で、自分の夫を世話しようとするかもしれない。そうなる前に、自分の夫は自分で見つけてしまわなければ——。

　そう思っていたら、時連がふと顔を上げ、政子に向かって悄然《しょうぜん》と言う。

「そういうことでしたら、もう二度とあのような口は利きません。姉上の前では——」

最後の一言に「何ですって」と政子が眉を吊り上げる。

「いえいえ、軽口ですよ。二度と申しません。ですが、若狭殿。先ほどの言葉は偽りなき本心ゆえ、くれぐれもお忘れなきよう。私はあなたを迎え入れる日を待ち焦《こ》がれつつ、館を磨き立てておきますよ」

さすがに先ほどの軽々しさは影を潜めていたものの、本心とはとても思えぬ調子で時連は言った。

「さて、私はこれにて」

と、時連は兄の意向を訊きもせず、一人立ち上がった。

「若狭殿のことを皆に教えてやらねばなりませんからな。しばらくは男どもの目にさらされるかもしれませんが、困ったことがあれば、この時連めをお呼びください。うるさい輩《やから》はすべて追い払ってやりましょう」

最後は若狭への言葉を残し、時連は去っていった。

その後は、阿波局もすぐには口を開かないので、政子の居室は急に静かになる。

「まったく」

と、最初に口を開いたのは政子であった。

「あの口は、まこととそうでないことの区別がついていないのです。本人はあれで、自分を正直者だと思っているのですからね」

「お言葉を真に受けるほど思い上がってはおりませんが、どうしてあのような出まかせをおっしゃるのでしょう」

若狭は臆することなく、政子に尋ねた。すると、政子は苦々しい表情ながらも答えてくれた。

「本人は出まかせとも思っていないのです。そなたを気に入ったのも本当でしょう。でも、三日後にはそのことを忘れているかもしれない。それが、五郎という者の本性なのですよ」

「……そうなのですか」

なるほど、軽々しい男を装っていたのではなく、中身もいい加減な男だったか。

時連の言葉を本気で信じてはいけない。義時は何を考えているか分からず、一緒にいて楽しそうなところはどこにもない。政子は誰に対しても厳しく、特に自分はきつく当たられそうだと思える。阿波局は最も親しみやすそうだが、男の時連と違って、その裏に何かを隠しているという気がしてならない。

これが、頼家の母と叔父叔母たち。誰もが一癖ありそうだというのが、この日若狭が感じた印象であった。

若狭が鎌倉御所で御台所の政子に仕えるようになってから、ひと月が経った頃にはもう、その美貌は御所に出入りする御家人たちの間で評判になっていた。政子と頼家たちの暮らす小御所へ用もなく出入りするのは、一部の御家人を除けば難しい。しかし、若狭が役人たちの出入りする表の御殿へ出向けば衆目を集めたし、御所で最も美しい女房という名は、すでに若狭のものであった。

比企尼の孫娘であり、姫の前の親戚であり、頼家の乳母子でもあるということも、評判を飾り立てる。その上、頼朝が目をかけているだの、御台所の弟の北条時連が懸想しているだの、余計な噂までが付いて回る。

それらを余さず自分の耳に入れるようにと、頼家は比企三郎宗員と弥四郎時員の二人に命じておいた。

同い年の三郎と二つ年下の弥四郎は、乳母子であると同時に将来の側近候補として、昔からずっと頼家のそばにいる。

俵藤太の物真似ごっこをしていた頃からの付き合いだから、互いの気心は知れていた。三郎はひたすら真面目で人がよく、弥四郎は少し甘えん坊だが度胸がある。二人とも頼家に対しては従順そのものだった。

それで、若狭に関する御所の噂を二人に集めさせたのだが、それは頼家の気持ちを明るくするものではなかった。正直なところ、どうしてこんなにも気が沈み、落ち着かない気持ちになるのか。

何でもはっきりと物を言う、勝気な若狭が御所へ上がるのを、頼家はひそかに心配していたのだ。あの調子では必ず母上から嫌われてしまう、と。しかし、おとなしくしていろと言ったところで、あの若狭が聞くはずがない。

父の頼朝は美しい女房が好きだから、きっと気に入るだろうと思ったし、それで母の政子が不快に思うのも想像できた。果たして初対面ではその通りだったようだが、その後、母はそれほど若狭につらく当たっていないらしい。

（五郎の叔父御のせいではないのか）

北条時連が若狭を気にかけているから、母は態度を変えたのではあるまいか。

この若い叔父のことを、頼家は気に入っている。叔父というより、兄か従兄《いとこ》のような感じで、話していても楽しいし、蹴鞠《けまり》や双六《すごろく》の相手もしてくれる。

（だが、若狭……いや、早苗は……）

自分のものだ――これまで経験のない激しい感情が、心の奥から湧き上がってきた。早苗のことを誰よりも知っているのは自分だ、と思う。自分以外の男が早苗のことを、どうにかできる対象として見ているというただそれだけで、たまらない気がした。

自分の中に湧き上がってきた気持ちを扱いかねて、頼家が思いにふけりながら無言でいると、

「北条五郎さまは、兄上の四郎さまが射止めた姫の前に匹敵する人を求めているんです

って」

　と、弥四郎が言い出した。もっと面白い話題を頼家の耳に入れなければ、と思ったようだ。

「うちの姉上は本家の出だから、姫の前より一応立場は上ですしね。でも、美しさでいうなら、姫の前の方が上なんじゃないかって、私は思うんですけど」

「おい」

　さすがに、年が同じだけあって、三郎は頼家の内心に多少感づいているらしく、のんきそうな弥四郎のおしゃべりを遮った。

「姫の前のお姿をお前が見たのはずいぶん前だろう。姉上がそのお年の頃には、もっと美しくなっているかもしれない」

　その通りだ。若狭は美しい。そなたたちは弟だから、それが分かっていないだけだ。

「そうかなあ」

　三郎の言葉に、弥四郎が正直に首をかしげた。

「木刀を振り回してた姉上が、あの淑やかな姫の前みたいになれるとは思えないけど」

「今はそんなこと、さすがにしてないだろ。お前、今の言葉を姉上の前で言ったら、平手打ち、あ、いや、叱られるぞ」

　そうか、弥四郎は平手打ちされるのか。かわいそうに――と思ったが、若狭ならやりかねないだろうとも思う。

「若狭は美しいと……私の父上もおっしゃっていた」

「そっかあ。御所さまがおっしゃるんなら、そうなんですね」

と、弥四郎は単純に納得する。

「私も……」

若狭を美しいと思うぞ——という言葉は喉のあたりに引っかかって、出てこなかった。三郎がどことなく痛々しいという目を向けてくる。その目はよせ。さすがに気恥ずかしい。

「あの……ですね、若君」

三郎が少し躊躇いがちに切り出してきた。

「私は若君のもとに出入りしておりますから、他の御家人衆とも顔を合わせることが多いんです。その際、ええと、姉上への付け文を頼まれることがけっこうあるんですが」

「何だと」

心が跳ね返った。声も裏返ってしまい、弥四郎が怪訝そうな表情を浮かべた。

「そなた、それをそのまま若狭に渡しているのか」

その前に自分に見せろ——と言いたいところだったが、さすがにこらえた。若狭に知られたら平手打ちだろう。もちろん三郎が、である。

「いえ、姉上には一通も渡していません。母上が絶対に渡してはいけないとおっしゃったので」

「それでは、そなたはそれらをすべて、比企乳母殿に渡しているのだな」

「そうです」

三郎は真面目な顔でうなずいた。親に逆らわないのはいかにも三郎らしい。そして、もしも自分がそれをよこせと言えば、三郎は主人と親の狭間で頭を抱え、寝込んでしまうだろう。

取りあえず、男たちの文が若狭本人の手に渡っていないことは知れたのだから、それほど焦る必要もあるまい。と思っていたら、三郎が先を続けた。

「その中に、若君の叔父上からのものがあったのですが……」

再び心が跳ね返った。「何だと」と今度は穏やかならざる声が出る。

「それは、五郎の叔父御のことだな、北条の」

「さようです」

勘は当たった。やはり、あの叔父は本気で若狭を妻にと狙い定めているのだ。若狭ならば、姫の前に見劣りしない、いや、勝っているだろうからな。

「実は、母上はそのお文だけは別に取り分けておいでででした」

三郎の言葉に、静まりかけた心が再び荒れ始める。

「まさか、それだけは若狭に渡したというのか」

「いえ、そうではないと思うのですが……」

と、ここで三郎の物言いは頼りなくなった。

「ただ、後から父上にそのことを話しているのを聞いてしまったんです。あの方のお文を無視したことが御台さまのお耳に入ったら、ご機嫌を損ねるのではないかと、母上は心配していて。取りあえずは、母上が代筆で返事をしておこうかと、そんなことを話し合っていました」

その後どうしたのかまでは、三郎も知らないと言う。

「うーむ」

この話をどう受け止めるべきか、頭を悩ませていたら、「若君」と三郎が膝を進めてきた。

「若君もお文をお書きになってはいかがですか」

「何だって」

思わずのけぞりそうになる。しかし、目の前に迫った三郎の顔は大真面目であった。

「若君のお文だけは、父母に知らせず姉上に渡しますから」

事の次第がばれてしまった時、その罪と罰はすべて自分が被《かぶ》る、という三郎の覚悟が感じられた。

「しかし、今さら文も何も——」

七つ八つの頃から知る相手に、いったい、何を書けばよいというのか。そもそも、御所に仕えている若狭は毎日頼家のもとへ挨拶に来るし、暇があれば、乳母たちを交えておしゃべりもしていく。もちろん、二人きりになれることはほとんどないから、それを物足りなく思うことは時々あったが……。

「姉上が喜びそうなことを、探ってまいりましょう」

眼差しに悲壮な決意までにじませて、三郎は言う。この乳母子の顔を見た時、心は決まった。

「分かった。よろしく頼むぞ」

覚悟を決めて、頼家はうなずき返した。

三

——次の宿下がりの日の夕刻、比企ヶ谷の館の石段下に来てほしい。連れていきたい場所がある。

そうしたためられた頼家の文を弟の三郎から渡された時、若狭には頼家の意図がたちまち読めた。

「私と弥四郎が若君の護衛で従いますし、他にも護衛はいますからご安心ください。姉上も津留をお供に連れてくれればよいでしょう。ただし、父上と母上には取りあえず内密に願います」

若狭が文を読み終えるのを見計らって、三郎は告げた。

まったくこの子たちはやることがお粗末すぎる。私がいないと、若君も三郎も弥四郎もろくなことができないのだから——。

数日前、三郎が若狭のもとへやって来て、急に尋ねてきた。姉上には想《おも》いを寄せる人がいるのか、よく人に訊かれるのだがどうなのか、と——。特にいないと答えたら、「北条の五郎殿はどうなのですか」と、今度は時連を名指ししてきた。これについても、何とも思っていないと答えると、三郎はほっと安堵《あんど》したような表情になる。続けて、別の人物を名指ししてくるのかと待ち構えていたら、それはなかった。

やや拍子抜けする。すると、今度は夫にするならどんな人がよいのか、とか、どんなことを言われたら嬉しいのか、とか、分かりやすい問いをくり出してきた。

度量が大きく、力も強く、心根は優しい俵藤太のような人だと答えてやったら、何やら考え込んでいる。まったく、ばかばかしい。少しからかってやりたくなり、「でも、夢か幻かと思える竜宮のような所で、心に沁みる歌でも詠んでもらえたら、その人のこと、好きになってしまうかもしれないわね」と言ったら、三郎はぱあっと顔を明るくした。そういう答えを聞きたかったのだと言わんばかりである。

この時、三郎は意気揚々と引き揚げていったのだが、次にやって来た時には頼家からの文を携えていたというわけだ。

(この私を、竜宮のような場所へ若君が案内してくれるというわけね。いったい、どんな歌を贈ってくれることやら)

意図が読めすぎて、少々趣に欠けるが、頼家と弟たちがどんな知恵を絞ってくるのか、お手並み拝見というところだ。

「次の宿下がりは五日後よ。すべて若君のおっしゃる通りにします、とお返事しておいて」

若狭が口頭で返事をすると、三郎は少し表情を変え、「若君がお文を書かれたのですから、姉上も文で返されるべきなのでは?」と生意気なことを言ってきた。

「あのねえ」

若狭は弟を正面から見据え、教え諭すように言った。

「父上や母上に内緒なんでしょ。もちろん、こちらの御台さまにも。だったら、私が贈った文を若君がうっかり失くしたりして、誰かに見られでもしたらどうするのよ。そもそも、文を届ける際に、あんたがこの御所のどこかに落とさないとも限らないのだし」

「私はそんなに粗忽者ではありません」

三郎は不服そうに口を尖らせる。

「私は用心するべきだと言っているの」

何ごともこの先起こり得る事態に頭をめぐらし、策を講じて行動するべきだろうに、そんなこともできないで若君の側近が務まるのか。厳しい調子で言ってのけると、三郎は黙り込んだ。

「だからお返事はあんたからお伝えしなさい。人の耳がないことをちゃんと確かめてするのよ」

「分かりました」

と、三郎は渋い表情ながらも承知した。それから、「それでは、その、若君からのお文は……」と、やや困惑した様子で言いかける。

「もちろん、誰かに見られる前に私が処分しておくわ。おそれ多いとは思うけれど、誰かに見られて若君がお困りになるよりましでしょう」

若狭が言うと、今度はすぐにうなずき、「それではこれで失礼します」と三郎は下がっていった。

三郎の足音が去るのを待ち、しばらく待って戻ってこないのを確かめてから、若狭はおもむろに立ち上がる。棚の奥に置かれた鏡筥《かがみばこ》を取ってきて、中から鏡を取り出すと、筥の底に頼家からの文を収めた。上からさらに別の紙を敷き、鏡を取り出しただけでは分からぬふうに繕ってから、鏡を筥の中にしまい、棚へと戻す。

用心とはこのくらいすることだ。自分は人に見つかるような失敗を犯すことは絶対にないから大丈夫。頼家から初めてもらった文を処分する気など、若狭には初めからなかった。

それから五日後の酉《とり》の刻（午後六時頃）、若狭は乳母の津留だけを連れて、こっそりと比企ヶ谷の館を出た。

夕刻に出かけることを津留に告げると、初めはとんでもないと眉を顰《ひそ》められた。三郎や弥四郎と一緒だと言っても、能員と凪子の許しを得なければ絶対に承知できぬ、と首を縦に振らない。このままでは告げ口されると悟った若狭は、

「若君からのお誘いなのよ」

と、正直に打ち明けた。その頼家が内密にすることを願っているのだと告げると、津留は喜ばしさと悩ましさがないまぜになった表情を浮かべた。しばらく一人で「でも……」「いえ、やはり」などと呟いていたが、

「若君の護衛もついているのだし、危ないことなんて何もないわよ」

と、若狭が言うと、最後には「分かりました」と渋々ながら承知した。

「ですが、私はお供させていただきますよ」

と、そこだけは譲れぬという津留の言葉を受け容れ、この晩の外出の運びとなった。

津留の助力があれば、こっそりと館を脱け出すことなど造作もない。若狭と津留が館を出ていくと、門のところに松明《たいまつ》を持った三郎が待ち受けていた。門番は理由を拵《こしら》えて、追い払っておいてくれたのだろう。

「あら、待ち合わせは石段の下だったのではなくて？」

「弥四郎たちは下にいます。石段を下りる時に明かりがないと困るだろうからって、若君が――」

と、三郎は言って、若狭たちの足もとを松明で照らしてくれた。

「まあまあ、若君は何てお気のつかれる方なのでしょうか」

津留が感動した声を上げた。

よく晴れた星の明るい夜だったので、館前の石段くらいは下りられるだろうと話していたのだが、やはり足もとを照らしてくれる松明の明かりはありがたい。若狭と津留は心のゆとりを持って、石段を下りることができた。

「よく来てくれた」

と、まず顔を合わせるなり、頼家は若狭に告げた。

「館を脱け出すのに問題はなかったか」

「はい。父上にも母上にも知られておりません」

若狭は平然と答えたものの、後ろから津留が「あのう」と心配そうな声を上げる。

「若君のご意向と承りましたので、今宵のお出かけのことは、親御さまたちにはお話ししておりません。ですが、こうして日も暮れた時分に、どちらへお行きになるというのでしょう。若狭さまの御身を守るのは私の務めでございますし、少々気がかりでもございます」

「そなたの気持ちは分かる。されど、行こうとしているのは由比ヶ浜に近い御霊神社《ごりようじんじや》の辺りだ。すぐに戻るつもりだし、従者たちもいる。案ずるには及ばぬ」

頼家は津留を安心させるように、柔らかな声で言う。

「さようでございましたか」

馴染みの地名を聞き、津留は少しほっとした表情になった。

「私は少しも案じてなどおりませんけれど」

と、若狭は言い、早く行きましょうよ、と頼家を促した。

「う、うむ。では、参ろう」

若狭に急《せ》かされたような形で、一行は歩み始めた。先頭は頼家の従者二人が松明を持って進み、頼家がその後ろを行く。三郎と弥四郎が並んで続き、若狭と津留はその後ろに付いた。最後尾は頼家の従者が守る形である。

「お寒くはありませんか」

途中で若狭を気遣い、津留が尋ねたが、その息が白く見える。十一月も終わりとなれば寒いのは当たり前で、昼間に外出するのとはやはり違った。

「いえ、私は大事ないわ」

とは答えたものの、指先が凍えてかじかんでいる。指先を手でこすりながら歩いていたら、その手を津留が取り、「まあ、こんなに冷たくおなり遊ばして」と自分の手で温めてくれた。

比企ヶ谷から由比ヶ浜を左手に、南西の方面に続く道を進んで四半刻《しはんとき》（約三十分）も経った頃、御霊神社の前に到着した。頼家はここで足を止めた。振り返った頼家と目が合ったので、一人前へ進むと、

「この先に虚空蔵堂《こくうぞうどう》があるのを知っているか」

と、頼家は尋ねた。若狭がうなずくと、見せたいものはそのすぐ手前だと言う。そして、そこへは自分と若狭と三郎だけで行きたいので、他の者はここで待っていてほしいと、頼家は続けた。「ええー」と弥四郎が情けない声を上げたが、さすがに自分も行くとは言い出さなかった。

頼家の従者たちはもとより無言で承知し、津留も反対しなかったので、松明を持つ三郎を先頭に三人だけで先へ進んだ。

やがて、少し行くと、頼家が不意に足を止めて「ここだ」と言った。

「三郎、明かりを近付けてくれ」

という頼家の言葉で、三郎が松明を掲げ、周辺を照らしながら目当ての場所へと近付いていく。そこに浮かび上がってきたのは、井戸の囲いであった。

三郎の後に、頼家と若狭も続いた。三郎は「お気をつけください」と言いながら、井戸の縁を明かりで示し、頼家と若狭を案内する。二人が縁の前で足を止めると、

「では、私は少し離れておりますが、あまり身を乗り出しませぬよう。御用がお済みになったらお声をおかけください」

と言って、三郎は松明を持ったまま離れていった。

明かりが遠ざかり、周囲が闇に落ちる。が、それもしばらくのことで、やがて空の星がくっきりと見えるようになってきた。

頼家はその間、ずっと無言だった。やがて、頃合いを見計らったように、「目は慣れたか」と訊かれ、若狭は「はい」と答えた。

「では、下をのぞいてみよ」

頼家から言われ、若狭は井戸の中に目をやった。井戸の底は昼間とて暗いものだ。まして夜ともなれば――。

闇の中に引きずり込まれそうな恐怖を覚える一方で、だからこそ目をやらずにはいられない魅惑も感じつつ、若狭はさらに奥をのぞき込む。すると――。

「あっ、若君」

井戸の底で何かがチカッと光った。

「あれは何でしょう」

尋ねた瞬間、目をそらしてしまい、もう一度、目を戻したが、今度は真っ暗である。

だが、目を凝らしていると、また白銀色の小さな光が瞬くのが見えた。

「おそらく、空の星が映って見えるのだろう」

「そんなことがあるのですか」

思わず身を起こし、頼家の横顔をまじまじと見つめてしまう。

「私もよくは知らぬのだが、この井戸はそういう不思議な井戸と伝わっている。そこの虚空蔵菩薩《ぼさつ》さまの効験かもしれぬ」

「まあ」

何てすばらしいのでしょう――そう呟いた口から白い息が漏れた。

「いつも見えるとは限らぬらしい。星月夜の美しい晩でなければ――」

「そうなのですか。では、今宵《こよい》の私たちはとても運がよかったのですね」

「そうだろうな。前もって、見える夜を選べたわけではないのだから。だが――」

そう言って、頼家は一度口を閉ざすと、若狭をまっすぐな目で見つめた。

「私は虚空蔵菩薩さまが私の祈りを聞き届けてくださったのではないかと思う」

「若君が今宵、井戸の底に星が見えるようにと祈ってくださったのですね」

無言でうなずく頼家の顔から、目をそらすことができなかった。二人はしばらくそのまま見つめ合っていた。

やがて、頼家が不意に若狭の手を取った。

「冷たいな」

と、少し驚いたように呟く。そして、その冷たい指先をしっかりと握り締めながら、頼家は口を開いた。


手を取りてかまくら山をふたり行く　星月夜こそあはれなりけれ

思いがけぬ言の葉だった。

――手を取り合って鎌倉山を二人で進んでいく、この星月夜がしみじみといとおしい。

一瞬、なぜ歌なのかと思い、ああそれは自分が要求したことだったと、思い返した。

次に、どこかで聞いた歌のような――と、余計なことが思い浮かぶ。

何てわずらわしいのだろう。今はそんなことはどうだっていい。ただ、頼家が自分のために、この星月夜にこれ以上ないほどふさわしい歌を詠んでくれた、そのことだけに浸っていたいのに。

ここはどこなのか。水の底に夢幻のごとく広がる竜宮の国。ああ、頼家が見せてくれた井戸の底はきっと竜宮につながっているのだろう。俵藤太が招かれたという美しい竜宮へと――。

「お見事ですわ」

若狭は頼家の手を握り返した。つい先ほどまで凍えていたはずの手の指にいつしか力が戻っている。

「何て美しい歌なんでしょう。若君にこんな才があったなんて、私、これまで知りませんでした」

少し持ち上げすぎではないかという心の声を、若狭は自分で封じ込めた。それでもいい。今は若君をどこまでも褒めて差し上げたい。少しくらい付け上がったって何が悪いというのか。

「いや、この歌は人の作った歌の一部を変えただけのものなのだ」

頼家は少し照れくさそうに言った。元の歌は「我ひとりかまくら山を越え行けば星月夜こそうれしかりけれ」というのだと言われ、道理で聞いたことがあるように感じたのだと、若狭は思い至った。

だが、少しも失望などしなかった。

「そういうのは本歌取りというんです。恥じることなどありませんわ」

聞きかじりの話で、頼家を励ますと、

「そうなのか」

と、頼家は嬉しそうな笑顔を見せた。それから「若狭」と少し掠《かす》れた声で呼びかけてきた。つないだままの手の指先から、何となく緊張が伝わってくる。「はい」と答える若狭の声も、掠れてしまった。

「これが私の想いだ。竜宮とまではいかないが、そなたの望みに少しでも適《かな》っていれば嬉しい」

真摯な言葉の一つひとつが、星のきらめきを宿しているように美しく胸に沁みてくる。

「私、嬉しゅうございましたわ。若君が私のためにしてくださったことのすべてが――。その、少しだけ見え透いた手口も、星月夜の空の下ではさほど気になりませんでした」

心の底から感動しているのに、この口はどうして一言余計な意地悪を付け加えてしまうのだろう。言ったそばから悔やんだものの、頼家は怒りもしなければ、不快な表情も見せなかった。

「見え透いていたか。まあ、そうであろうな」

と、朗らかに笑う。

「明るい空の下でなくてよかった。それでは、恥ずかしかったからな」

若狭の心に、ふと初めて会った時の頼家の姿が思い出された。初めは肌身離さぬと言っていた大事な刀を、自分のために貸してくれたあの時の優しい若君の姿が――。

若君はあの頃のまま変わっていないと思うと、胸が熱くなった。あの時から今に至るまでの数年の間の若君を、自分はぜんぶ知っている。その時、その時の思い出がすべていとおしい。

すると、頼家がきまり悪そうに目をそらした。が、若狭の手は離さずに、

「また御所へ上がったら、私のもとへ来てくれないか。その、星が出ている頃に……来てもらえたら嬉しいのだが……」

と、ややぎこちない物言いで切り出した。

今ならば若狭が承諾すると踏んでの言葉なのだろう。そこまで思い決めたのなら、「来てくれないか」ではなく「来い」と言ってしまえばいいのに、と思う。頼家はそれができるだけの身分も立場も備えているのだから。しかし、それができないのが頼家の情けないところであり、いいところでもある。

「それは、お約束できかねます」

若狭は頼家の手をそっと押しやって答えた。頼家が驚いた様子で顔を上げる。

「私のもとへ来るのが……嫌だと申すのか」

今度は若狭の目をしっかりと見ながら、頼家は訊いた。その目が不安と焦りに揺れている。

「そういうわけではございません。でも、今はそういうふうにしかお答えできません」

「今日のことを嬉しかったと言ってくれたではないか。あれは、口先だけのものだったのか」

頼家の声に失望と恨めしげな色合いがこもっている。

「それ以上、しつこいことをおっしゃったら、若君のことを嫌いになってしまいます。せっかくの今宵の思い出も台無しですわ。だから、今宵はもう、それ以上のことはおっしゃいませんよう」

若狭はそう言うと、三郎に向かって声をかけた。「もうそちらへ行ってかまいませんか」と念を押す三郎の声が返されてくる。

「……ああ、かまわぬ」

と、頼家は気の抜けた声で答えた。すっかり元気を失くしてしまっている。これでは、三郎にもすぐ事の顚末《てんまつ》を悟られてしまうだろう。若狭は頼家の耳もとに口を寄せると、

「次に私が宿下がりした晩、若君が比企ヶ谷の館へお越しください」

と、小声でささやいた。手はずはすべて私が調えておきますから。「え」と訊き返した頼家の顔を、三郎の持つ松明の火が淡く照らし出した。

五章　鎌倉殿急逝

一

若狭が頼家の子をみごもったのは建久九（一一九八）年のことである。懐妊を機に二人の仲は公のものとなり、若狭は御所の女房を辞めて、比企ヶ谷の実家で暮らす身となった。

頼家と若狭の仲を知った時の能員と凪子は、何とも言いようのない複雑な反応を見せた。

「若君のご身分ならば、しかるべきお相手と婚礼を挙げ、お住まいにお迎えになるというのが筋でしょうに」

と、凪子は気まずそうに言う。

「うむ。お二人には早くにお知らせするべきだったのだが、話が後先になって申し訳なく思います」

頼家は能員と凪子を前に、きまり悪さのにじむ顔を伏せて言った。

頼家は二人のことは「めのと殿」と呼び、いつも丁寧な口の利き方をする。それはよいとして、頼家が父と母に謝るのはおかしい。

「私たちは謝らなければならぬことをしたわけではありませんわ」

若狭は悪びれずに言った。

「ですけれど、源氏の殿方は皆、そうしてご婚礼の儀をなさっておられるでしょうに。その……阿野全成殿と阿波局殿の時とて」

本当は、範頼と長子の時、義経と郷の時のことが頭をよぎったのだろうが、凪子は口にはしなかった。

「婚礼の儀については必要ないでしょう。そもそも、私の父母もそんなものはしていない。遠州殿（北条時政）が許さぬ仲だったのですからね」

「いや、私は許さぬなどと申すつもりはありませぬぞ」

能員が慌てた様子で頼家に言う。

「それなら、ありがたい。これから子が生まれれば、何といっても母方の世話が必要になります。乳母たちの手配もしなければなりませんし」

「それはもう。若君のお子のことは、我ら比企が命を懸けてお守りいたしましょうぞ」

頼家に請け合う能員の声は力強かった。そんなふうに言うのならば、初めから自分たちのことを大いに祝ってくれればよいのにと、若狭は何となく不満に思う。

頼家の方は、初めから歓迎はされまいと覚悟していたのか、根気よく話を続けた。

「私の正妻のことをご案じならばご懸念なく。御台所を定めるのは父の跡を継いでからでしょうが、その際は乳母夫《めのと》殿のお立場がものを言うでしょう。比企氏に並ぶ御家人はいても、それを超える氏族はないはずです」

頼家の意向としては、若狭を正妻、そして行く行くは御台所とするつもりだという。父母もはっきりとは言わないが、若狭を頼家の妻とするのなら、正妻でなければ了承できぬという気持ちがあるはずで、そこの不安を除こうとしてくれているのだ。

能員は一瞬嬉しげな表情を浮かべたものの、それをすぐに引き締め、

「はあ。ありがたき仰せですが、それについてはやはり今の御台所さまのお許しがなければ、叶わぬことでしょうし……」

と、明瞭な物言いを避けた。北条政子の厳しい眼差しを思い出すと、自分が好かれていたとは思えないが、同世代の他の女房たちも同じ扱いだったわけで、特に嫌われていたわけでもないと思う。誰に対しても厳しい人というのはいるもので、政子はそうなのだろう。

「母としても、許さぬと言う理由がありますまい。ご心配には及びません」

この頼家の言葉を最後に、取りあえずの報告は終わり、頼家は若狭を比企ヶ谷へ残して帰っていった。それを見送った後、

「もっと喜んでくださるのかと思っていました」

と、若狭は両親に訴えた。

「他の方であればともかく、相手を若君と知って、あんなご態度を取られるなんて。若君だって、どんなにがっかりなさったでしょう」

頼家以上の男がこの鎌倉のどこにいるというのか。頼家のことをよく知らないのならともかく、子供の頃からよく知る相手ではないか。そもそも、両親は常日頃から、頼家をまるで我が宝のごとく自慢しているというのに。

「若君のことが不満だなんて、私たちは一言だって言っていませんよ」

凪子が苦い表情で言葉を返した。

「でも、あのご態度は……」

十分そういうふうに受け取れるものだったと、若狭は思う。

「ですから、若君のお人柄やご器量をどうこう言いたいわけではありません。お育てした自慢の我が君を、どうしてどうこう言いましょう」

母の物言いは次第に尖《とが》ったものになっていき、無言のままの父の表情は苦々しくなっていく。

「だったら、何がご不満なのですか。あの方はいずれ私を正妻にとまでお約束してくださったのに」

若狭が思わず声を高くして言うと、父母は顔を見合わせ、それから改めて若狭に目を戻した。その目の中にはすでに困惑の色はなく、深い悲しみだけが宿っている。

「そなた、郷殿や長子殿のことを忘れたわけではないでしょう？」

ややあってから、母がおもむろに言った。若狭は無言を通した。

もちろん、片時たりとも忘れたことはない。郷は夫と幼い娘と共に死に、その母親の河越尼は彼らの後を追うように亡くなった。

一方の長子は夫が殺された後に出家。長子自身は尼としての余生を送っているものの、長子の母の丹後内侍はその折の心労が祟《たた》ったのか、それから間もなく亡くなっていた。

「丹後内侍殿はね、お亡くなりになる前にこう言っていらしたわ。源氏の血は呪われている、と――」

「源氏の血は……呪われている」

若狭は母の言葉をただ茫然とくり返した。その言葉は口にした途端、まるで魂を得たかのように、若狭の心の中へ入り込み、しっかりと根を下ろしてしまった。来るな、出ていけと懸命に叫んでも、それは初めからここが自分の居場所だというように居座っている。

「こうもおっしゃったのよ。源家の男の方にだけは、そなたを嫁がせるな、と――」

「それは……」

「娘御を蒲殿（範頼）に嫁がせてつらい目に遭わせた丹後内侍殿は、そなたを同じ目に遭わせたくなかったのですよ」

「同じ目って……」

頼家が範頼と同じ目に遭わされるということか。そんなことはあるはずがない。頼朝は自分の弟たちに非情な仕打ちをしたが、それはすべて、自分の亡き後、我が子である頼家の立場を守ろうとしてのことではないか。いくら何でも自分の息子を殺すはずがないし、頼家が父親に背くことがあろうとも思えなかった。

「そんな言い方って、若君に対して失礼ですわ」

いくら母でも許せないと思い、若狭は憤然と言い返した。凪子も失言だったと思ったようで、

「そうですね。言いすぎました」

と、目を伏せて言う。

「この話はもう終わりだ」

と、その時、能員が口を開いた。

「今さら、どうこう言うことではない。若狭は体を労り、丈夫な子を産むことだけを心がければよい。男子であれば、若君や我が家にとってだけではなく、この鎌倉にとって大切なお子となる方だ」

能員のこの言葉で、両親と若狭の間における話は終わった。そして、二度とこの手の

話が蒸し返されることはなかった。

その年の秋の終わり、若狭は頼家の長男を産んだ。名を一幡《いちまん》と付けられたその子は、頼家が頼朝の跡を継いだ暁には、その嫡男として扱われることになるだろう。

頼家は無論、能員や凪子も喜び、両親の顔に憂いの色がないことを確かめ、若狭はひそかにほっとしていた。乳母は政子の口利きにより、北条家と縁の深い伊豆国出身の御家人、仁田忠常《にったただつね》の妻をはじめとする数名が付けられ、一幡は比企ヶ谷の館において、乳母たちの手で育てられることになった。

「今となりますれば、鶴岡八幡宮の巫女の予言が当たっていたのだと、しみじみ思い返されますわねえ」

と、ある時、津留は若狭に言った。その表情は晴れ晴れとして、自分が育てた姫君の栄華を信じ切っているという様子である。だが、そんな津留を見ていると、逆に若狭は不安になった。

「あの時、巫女は、私が貴人の妻になると言ったのよね」

「さようでございます。姫さまは二代目鎌倉殿の御台所とおなりですから、まったく当たっております。この鎌倉でこれ以上はない貴人の妻でいらっしゃるのですもの」

まだ御台所となったわけでもないのに、津留はもう決まったことのように言う。とはいえ、他の人の耳もない時のことであるから、若狭も特に注意はしなかった。それより、あの時の巫女の言葉が気にかかる。

「私の子がどうこうとも言っていたわよね」

「はい。姫さまが女のお子をお産みになったら、その方もまた、貴人の妻になると申しておりました。鎌倉殿以上の貴人と申せば、もしかしたら京におわす帝《みかど》でございましょうか。この度は男のお子でしたけれど、次のお子は姫君かもしれませんわねえ。ああ、姫さまのお産みになった姫君が入内《じゅだい》なさるようなことになったら……」

と、津留の妄想は止まらなくなる。

しかし、頼朝と政子の長女にはかつて入内の話があったのだから、あながち見当違いというわけでもなかった。ただし、頼家の姉である大姫《おおひめ》は昨年の七月、その実現前に亡くなってしまったのであるが……。

（そういえば、亡き大姫さまは幼い頃、鎌倉の人質となっていた木曾《きそ》殿のご子息の許婚でいらっしゃった）

若狭はこれまで気にも留めていなかったことをふと思い出した。

木曾殿とは源義仲《よしなか》のことで、源平の合戦が始まろうという頃、上洛《じょうらく》の順を競って頼朝との間に対立が起こりかけた。当時、平家一門という共通の敵を持っていた両者はそれ以上の衝突を避けて和解したのだが、その際、義仲は自らの息子を頼朝へ差し出したのである。表向きは頼朝の娘である大姫の許婚だが、事実上の人質であった。

これにより、義仲は頼朝より先に上洛を果たし、平家一門を都から追い払う功績を挙げたのだが、その後、頼朝との和解は決裂し、結局、義仲は頼朝の差し向けた範頼と義経の連合軍に敗れている。

（この時だったはずだわ。御所さまが木曾殿のご子息を殺してしまわれたのは――）

義高《よしたか》というその少年は、当時、まだ十二歳だったという。大姫は七つの時のこと。だが、許婚であり幼馴染である義高を、自分の父に殺された大姫は、それからしばらくの間、心身共に深く傷ついてしまったと聞いている。

（木曾殿のご子息も源家のお方――）

比企家と関わりのない話だったため、これまで意識に上らなかったが、「源氏の血は呪われている」という伯母、丹後内侍の言葉が改めて重くのしかかる。

「あの時の巫女は、私が男の子を産んだらどうなると言っていたかしら」

どうしても、その時のことがはっきり思い出せない。

「それならば――」

と、若狭自身よりあの時の予言を深く心に留めていたらしい津留が、訳知り顔で言い出した。

「男のお子さまの予言だけは聞きそびれてしまったのです」

「ああ、そういえば」

と、若狭も当時のことを思い出した。確か、比企家から迎えの者が現れ、彼らとのやり取りに気を取られているうちに、巫女がいなくなってしまったのだ。

「お気にかかるのなら、八幡宮の者に尋ねて、あの時の巫女を探してみましょうか」

津留が意欲のこもった声で問うた。そうはいっても、もう十年も前のことである。探すのならばもっと前に探すべきであったが、これまではそんな考えも浮かばなかった。

「そうね。巫女はともかく一幡の行く末をお頼みするためにも、一度、八幡さまへはお参りに行かなければならないわね」

若狭の言葉に、何の屈託もない様子で津留は「喜んでお供いたします」と答えた。

二

一幡が生まれた後、若狭が自ら鶴岡八幡宮へ足を運んだのは、その年も終わりかけた十二月二十七日であった。一幡の健やかな成長を祈願するため、お参りは欠かさなかったが、これまでは津留の代参である。しかし、新年を迎える前に自ら参拝しようと、若狭は思い立った。

当日は、頼朝が相模川の橋供養のため、御家人たちを伴って出かけており、鎌倉は静かだろうと踏んでのことである。実際、この日は若宮大路も人少なで、八幡宮へ参詣する人もまばらであった。

津留と二人、参道を歩みつつ、若狭の胸に浮かぶのは乳母たちの手に預けてきた一幡のことである。

（あの子は大丈夫。郷姉さまのお子や長子殿のお子のようにはならない）

一歩歩むごとに不安が膨らんでいくのを自覚しつつ、若狭は自分にそう言い聞かせねばならなかった。

私はこんなふうに物事を考える質《たち》だったろうかと、ふと自分を訝《いぶか》しむ気持ちが湧く。よくない事態を想像して、脅《おび》えたり恐れたり思い悩んだりする――そういう経験は思い返してみてもあまりない。すべてがうまくいくと思っていたわけではないが、うまくいかないなら、いくように変えるか、思い通りにならなかった時の策を講じればよいだけだと考えていた。

それなのに、一幡のことになると、考えがまとまらなくなる。悪い事態を容易に浮かべることができてしまう。義経や範頼、そして木曾義高の末路が頭をよぎった。どうして、頼家が義経や範頼のようになることを、これまで想像してみなかったのだろう。

もちろん、頼家は彼らとは違う。源氏の嫡流に生まれ、二代目の鎌倉殿になることが決まっている人だ。その考え方でいくなら、一幡は三代目鎌倉殿になる立場なのだから大丈夫、ということになるのだが、なぜかそういうふうには考えられない。

(私は臆病な女になってしまった)

自分と頼家との仲を知った時、能員と凪子が案じていたのはこの自分の行く末だったのだと、ようやくはっきり分かった。若狭自身が案じてもいないそれを案じてくれたのは、親なればこそだった。親とはそういうものなのだと、そうなって初めて分かる。

「お加減でもお悪いのでございますか」

さすがに幼子の頃から面倒を見てくれただけあって、津留は若狭の様子にすぐ気がついた。しかし、今胸の内に抱えている煩悶《はんもん》までは、いくら乳母でも察することができないだろう。

「いえ、初めてここへ来た時のことを思い出していただけです」

若狭はごまかした。

「さようでございましたか」

津留はすぐに納得したが、少し口惜しそうな表情を浮かべ、

「あれから、八幡宮の者に尋ねてみたのですが、あの巫女のことは分かりませんでしたねえ」

と、呟く。一幡が生まれて間もなく、若狭の行く末を予知した巫女を探すべく、津留は奔走してくれたのだが、誰に聞いても、そんな巫女は知らないという返事だった。十年前から八幡宮にいるという神職や巫女に当たってみても、同じである。「もしかした

ら、本当に神さまのお使いだったのかもしれません」と言う津留の言葉を、以前だったら聞き流したはずなのに、今は空恐ろしい気持ちが湧く。生まれてくる男の子の行く末を聞きそびれたのは、決してたまたまなどではなく、神の意図によるものだったのではないか。聞けば運命が変わるような恐ろしい予言だっただけに、あえて神は聞かせなかったのではあるまいか。

「姫さま、取りあえず若君の御行く末安泰を、お祈り申し上げましょう」

津留に促され、若狭は再び参道を歩き出した。

――一幡の身に、判官殿や蒲殿のような禍《わざわい》が降りかかりませぬよう、お守りくださいませ。

一心にそれだけを祈る。

年が明けたら、今度は一幡も連れてお参りにこようと心を決め、若狭は八幡宮を後にした。鳥居をくぐり抜け、若宮大路をしばらく進んだ時、異変は起こった。由比ヶ浜の方面から馬が走ってきたのである。騎馬の武者が大路を行く姿はふだんから見られたが、馬を疾走させることなどあり得ない。轡《くつわ》を従者に持たせて、ゆっくりと進むのがふつうである。

「退《の》け、退けい」

という馬上の声が届くや否や、通行人たちは慌てて道の左右に寄り、二騎をやり過ごした。

「何でございましょう」

馬が走り去った後の土煙を払いながら、津留が不審げに呟く。

「御所さまがお出かけになられた相模川の方で、何かあったのでしょうか」

騎馬が鶴岡八幡宮の横にある大倉御所へ向かうのを見て、若狭は言った。この時はそれ以上のことは分からなかったのだが、事の真相が知れたのは、比企ヶ谷の館へ帰ってしばらくしてからであった。

帰宅した能員がいつになく厳しい表情で告げたのである。

「御所さまが落馬して、お怪我をなされた」と——。


それは、橋供養からの帰路のことであったという。突然、頼朝の乗る馬の様子がおかしくなり、同時に頼朝の顔色も急変した。前方に何かが現れたわけでもなく、突然、風が強くなったただの雨が降り始めたただのという天候の異変があったわけでもない。

それなのに、馬が何かに脅えたか昂奮《こうふん》したかして、頼朝は落馬した。だが、これも馬に乗り慣れていない者ならばともかく、頼朝にしては迂闊《うかつ》としか言いようのない事態であった。その上、御所へ帰り着くなり、頼朝は寝込んでしまったという。

「よほどひどいお怪我だったのですか」

御所へ出入りする能員に尋ねると、
「いや、骨を折られたとか、頭を打たれたとか、そういうふうには聞いていない」
という返事である。だが、床に就いた後の頼朝には対面していないので、分からないということだった。

小御所へ出入りする凪子も頼朝の寝所へは入っていないというし、とにかく御所の中が緊迫しているというだけで、くわしいことは分からないそうだ。頼家はそれ以来、比企ヶ谷の館へはやって来ないし、若狭も御所へ押しかけていくわけにはいかない。

この頼朝の病臥によって、正月の行事はすべて取りやめとなり、鎌倉は緊迫した中で新年を迎えた。

新年になったら一幡を連れていこうと思っていた八幡宮の参拝を、若狭は取りやめた。鎌倉中が不穏な状態の中、一幡を比企ヶ谷の館から連れ出すことに不安を覚えたからだ。しかし、自分だけでも参拝しようと、若狭は一月の八日、再び津留と共に鶴岡八幡宮にお参りした。

「あら、何でございましょう。あの人込みは――」

門前に人が集まっている。姿は見えなかったが、どうやらその中心で盛んに声を張り上げている者がいるようだ。

「鎌倉殿は祟りに遭われたのじゃ」

そう叫び立てる男の声が、若狭たちのもとまで届いた。

「鎌倉殿が落馬なさる直前、判官殿と蒲殿のお姿を見ていたそうな。許せ、許せと馬上で頭を抱えられ、それで落馬してしまわれたのよ」

おおーと驚きの声が群集の中から上がる。中には「恐ろしや」と震え上がってしまった者もいるようだ。

「まあ、何という言い種《ぐさ》でしょう」

津留は義憤に駆られた口ぶりで言った。

「世の中の騒動に付け込んで、世迷言《よまいごと》を申しているのでしょう。ただ、人目を引くためだけにいい加減なことを――」

本当にそうだろうか。あれは、世迷言なのだろうか。

確かに、あの男は適当なことを言っているだけかもしれない。しかし、だからといって、言葉の中身がでたらめということにはならないだろう。義経と範頼が怨霊となって頼朝に祟ったとしても、それ自体は何の不思議もないことなのだから。

――郷姉さまの仇は私が討ちます。

かつて朝子の病牀《びょうしょう》で誓った自分の言葉が、不意によみがえった。

あの頃の自分は、何と怖いもの知らずだったのだろう。仇が何者とも知らず、ただ懲らしめてやろうという気持ちだけで口走っていた。

郷と朝子を手にかけたわけではないが、その死の遠因を頼朝が作ったのは間違いない。ならば、頼朝が報いを受けたと言ってもいいこの事態に、自分の心は快哉《かいさい》を叫んでもよいのではないか。それなのに、そういうふうにはならなかった。

郷と朝子の仇討ちなど、もうどうでもいいと思うからか。自分自身にそう問いかけ、そんなことは決してないと思い直す。

本当に頼朝が悪逆非道な暴君で、すべての責めが頼朝一人にあるというなら、自分はもちろん郷と朝子の供養になると思ったはずだ。

だが、頼朝に責めの一端はあるにせよ、それだけでもないという気がしきりにする。

――源氏の血は呪われている。

もう一人の伯母、丹後内侍はそう言ったと聞いた。源氏の血が呪われているのならば、その呪詛《じゆそ》をかけた者こそが、本当の仇ではないのか。

頼朝は、義経とその息子や範頼、木曾義高を死に追いやった。そして、彼らの怨霊に祟られたというのなら、頼朝自身も源氏の血に呪われた一人だ。

何より恐ろしいのは、その源氏の血が頼家にも一幡にも流れているということだった。二人が身内の誰かに殺されるなど、想像したくもない。そして、頼家や一幡が身内を殺す側に回るのは、それ以上におぞましい想像であった。

「あら、若狭殿ではありませんか」

何やら場違いに華やいだ声がして、若狭は我に返った。

「これは、阿波局さま」

声をかけてきたのは、北条政子の妹で千幡の乳母である阿波局であった。政子に仕えていた頃は毎日のように顔を合わせていたが、今はめったに会うこともない。

おしゃべりが好きで、気取ったところのない人というのが、若狭の阿波局に対する印象である。若狭に対してばかりでなく、誰に対しても気安いので、御所では若い女房たちに人気があった。政子の怒りを買ってしまった時、女房たちは必ず阿波局に相談した。すると、阿波局が政子に執り成してくれるのである。

しかし、気安いのは間違いないとしても、精妙に計算されたものという気がしてならず、そこが阿波局を信頼しきれないところでもあった。もう会うことのない北条五郎時連にも、この阿波局に通じるところがあったように思う。

「いやよねえ、ああいう輩は――。人の不安を煽ることで、いい気になっているんだから」

阿波局は門前の人込みに目をやりながら、憎らしそうに言った。

「はい。聞いた人が踊らされないとよいのですが」

「追い散らしてやりたいところだけれど、私たちのすることじゃないわ。放っておきましょう」

阿波局はもう関心を失くしたという様子で言うと、

「それより、若君はお健やかでおられますか」

と、話題を変えた。

「はい。八幡さまへお参りさせたいところなのですが、今はこういう時ですから」

と、若狭が応じると、阿波局はさもありなんと大きくうなずいてみせた。

「それはそうですよ。あんなおかしな輩が出没するところへ、若君をお連れするなんてとんでもない」お宮参りは世の中が落ち着いてからゆっくりなさるべきですよ。

それから、阿波局に促され、若狭は一緒に八幡宮の鳥居をくぐった。阿波局の連れた侍女と津留が二人の後に続く。

今日は政子の代参で頼朝の病平癒の祈願に来たのだと、阿波局は語った。その滑らかなおしゃべりによれば、頼朝の容態はあまりよくはないらしい。これという怪我をしたわけでもないのに、熱が引かず枕が上がらなくなってしまい、治癒の見込みが立たないという。いっそのこと出家して御仏の加護にすがりたいと、頼朝が口にしているなどという話を、阿波局は実にあっけらかんとした調子で語り続けた。

お蔭で、能員や凪子からも聞けぬ話を耳にすることができたのだが、そんなことまで話してしまっていいものかと、かえってこちらが心配になる。阿波局の侍女も同じらしく、「阿波局さま、お声が大きゅうございます」と主人の袖を引いて、注意を促したりしていた。

「あら、いけない」

阿波局は口もとを押さえると、

「姉上に知られたら、お叱りを被ってしまうわ」

と、悪戯っぽい笑みを浮かべた。

「さあ、何をお聞きしたのでしたか。私、うっかり者なので、すべて忘れてしまいました」

若狭が言うと、阿波局はほほほっと声を上げて笑い出した。

「やはり、若狭殿は賢くていらっしゃる。ご嫡子はよいお方を見つけられて、本当に幸いだったこと」

それから、若狭が頼家の乳母子だったことを思い出したらしく、

「私に娘がいたら、千幡君に娶っていただきたいところなのですが、生憎《あいにく》、娘はいないのですよ」

と、残念そうに言う。

「ですが、千幡君のご元服までには、これという姫君を見つけるつもりですわ」

それも乳母の仕事だと言って、阿波局は張り切っている。ちょうどその時、拝殿の前に到着したので、二人はそれぞれ手を合わせて祈願した。

参拝を終えた二人が踵《きびす》を返して鳥居まで戻ってきても、先ほどの人込みはまだ消えていなかった。中心に立つ男は今も、頼朝の落馬は義経と範頼の祟りだと喚《わめ》き続けている。

「まったくいい加減なことを」

阿波局はあきれた口ぶりで言い捨てた。

「御所さまが落馬する前に見たのは、小さな子供だっていうのに」

その口ぶりが妙に確信に満ちたものだったので、若狭はぎょっとした。

「小さな子供って……」

「いえ、それが誰なのかまでは私も知りませんよ。でも、そういうことをうわごとで言ってらしたのだから、落馬の直前に御覧になったのでしょ。子供といえば、首を斬られた平家一門の若君たちかしらねえ」

阿波局はおっとりと言うが、これは頼朝が壇ノ浦の合戦後、生き残った平家一門の男子を見つけ出しては打ち首にしたことを指している。

「それとも、判官殿のお子かしら。奥州で一緒に焼け死んだ姫君か、それとも海に投げ捨てられた静御前のお子か。あるいは、壇ノ浦の海に沈んでしまわれた先の帝だったりして」

世間話のような調子で語られるその内容は、一つひとつが怨念に満ちている。その一人ひとりに母親がいると思えば、息苦しくなるほどに胸が痛んだ。もうやめてほしいと思った時、阿波局がひょいと若狭の顔をのぞき込んできた。

「あ、今の話も忘れてしまってくださいね」

そう言い置くなり、阿波局は御所へ向かって去っていった。

三

一月十一日に出家を果たした頼朝は、十三日に帰らぬ人となった。

十八歳になっていた頼家は、二代目鎌倉殿の座に就く。しかし、頼朝が朝廷から授けられていた征夷大将軍の職を受けるには若く、鎌倉の政務を一人で担うのも荷が重い。頼家が頼朝の跡を継ぐのは自明のことであったとはいえ、まだまだ先のことと考えていたのは本人も御家人たちも同様で、鎌倉中が困惑の渦に包まれることになった。特に、頼家の将来の側近となるべく、そのそばに仕え続けてきた三郎宗員と弥四郎時員の様子は、若狭の目には浮き足立っているようにさえ見える。

三郎と弥四郎は御所へ泊まり込みになる日が重なり、頼家は頼朝が倒れて以来ずっと、比企ヶ谷の館へは現れない。

一晩泊まっていくことが無理だとしても、せめて一幡の顔くらい見に来てほしいと思うのだが、さすがに今の頼家にそれを願い出ることもできぬまま、日は過ぎていった。

一方、頼家が鎌倉殿と呼ばれるようになっても、若狭が御台所として御所へ招かれることはなかった。

「今の御所さまは御台所を定めるどころではないのだ」

と、父の能員は言う。これは、鎌倉殿就任が父親の死と同時となってしまったから致し方ない。

「毎日、御家人たちと対面しなければならず、お心をすり減らしておいでではねえ」

と、頼家の様子を伝えてくれる母の凪子は、心配そうに言う。若狭と一幡に会わせたいと思うのだが、話を持ちかけるのを躊躇ってしまうほど御所が緊迫していると、母の口を通して聞けば、頼家に会いたいことは言い出しかねた。

事態が少し変わったと思われたのは、頼朝の死からちょうど三月《みつき》が過ぎた、母の口を通して四月十三日のことである。

少し上機嫌で帰宅した能員によれば、

「これからは、御所さまにも楽になっていただけるぞ」

というのである。くわしい話を聞かせてもらうと、若い頼家を補佐する体制が整ったのだそうだ。

父能員を含む有力御家人たち十三人が集まり、その合議によって、政務を行うという。その中には、頼家の外祖父である北条時政、外叔父の北条四郎義時、そして、亡き丹後内侍の夫である安達盛長も入っている。

他には、大江広元、三善康信《やすのぶ》、中原親能《ちかよし》、二階堂行政《ゆきまさ》など京下りの能吏たちや、頼朝の乳母の縁者である八田知家《はったともいえ》、古くからの功臣である三浦義澄《よしずみ》や梶原景時《かじわらかげとき》、和田義盛《よしもり》、足立遠元《とおもと》などがいた。

確かに、頼朝が信頼していた御家人たちであり、領土と武力によって政権を支える者と、実務を買われた者がほどよく交じっている。

「一筋縄でいかぬ者たちではあるが、力はある。そして、御所さまをお守りしようとする心は皆、同じじゃ。御所さまにもやっと安心していただけるはず」

能員はこれで頼家が若狭のもとへ来ることもできるし、すべてが万々歳だという言い方をするのだが、三郎と弥四郎が館へ帰ってこないことが、若狭は少々気になっていた。

それに、選ばれた十三人がそろって頼朝と強い信頼で結ばれていたのは確かだろうが、頼家となるとどうなのか。血縁の北条氏や乳母の縁者である比企氏、安達氏はともかく、それ以外はあまり馴染みがないだろう。

それを確かめる術《すべ》もないまま、日々が過ぎていき、若狭はそれまで以上にやきもきした。

四月の下旬に差しかかった頃、ようやく帰宅した弟の三郎と弥四郎をつかまえたのだが、二人ともこれまでにないほど疲れた表情をしている。

「御所さまはいったい、いつになったら、こちらへ足を運んでくださるおつもりなのですか」

若狭が問うと、三郎は鈍い動きで首を横に振り、

「今しばらくは難しいでしょう」

と、答えた。

「御所さまは大変な時なんです。あまりわがままを言うと、御所さまから嫌われます
よ」

弥四郎はもっと小憎らしいことを言う。言い返してやろうと思ったが、明らかに寝不足と分かる弟たちの腫れた目を見たら、気の毒になってしまった。

「あんたたち、あまり寝ていないのではなくて？」

「ええ、まあ」

と、三郎があいまいに答えた。

「御所さまはそんなにお忙しくしていらっしゃるの？　父上のお話では、宿老の方々が御所さまのお仕事を肩代わりすることになったから、一安心っていうことだったけれど」

「何が一安心なもんか」

突然、弥四郎が乱暴な口を利いた。今年で十六歳になったこの下の弟は、まだ顔立ちにも言動にも幼さが残っている。

「一安心じゃないって言いたいようね」

若狭が探るような目を向けると、三郎がすかさず「弥四郎」とその先を制するように、厳しい声を出した。

「三郎」

と、若狭は目を生真面目な弟に据えた。

「よもや、御所さまに関わることで、この私に内緒ごとをしようというのではないでしょうね」

三郎は口を閉ざし、若狭とは目を合わせようとしない。

「私の問いかけに、三つ数える間に答えなさい」

有無を言わせぬ口調で告げると、

「御所さまはご不満を抱いていらっしゃるの？」

と、一つ目の問いをくり出した。三郎は相変わらず口をつぐんだままである。「三、二、一」と数を数えて威圧したが、それでも口を開こうとしない。

若狭はすぐに弥四郎の頬を叩いた。自分は蚊帳の外というつもりで、油断しきっていた弥四郎が一瞬ぽかんとした後、憤慨し始める。

「どうして私が叩かれるんですか。叩くなら兄上でしょうに」

「四の五のうるさい」

弟の抗議を一蹴し、三郎にもう一度同じ問いを投げかける。「三、二……」と数え始めると、

「その通りですよ」

と、弥四郎があっさり口を割った。今度は、三郎も苦い表情を浮かべてはいたものの、弟を止めようとはしなかった。

「御所さまは、鎌倉殿としての権威が損なわれたとご機嫌斜めでいらっしゃるのね」

さらに問うと、今度も弥四郎が「その通りです」とすぐに答えた。

「宿老たちはご先代が亡くなられたのを好機とし、その力を食い荒らそうとしているのだ。骸《むくろ》にたかる禿鷹《はげたか》のようだって」

「御所さまがそうおっしゃったの？」

いくら何でも少し言葉が過ぎるのではないかと思って訊くと、「そうです」という弥四郎の声に、「お前は少し黙っていろ」という三郎の声が重なった。

これ以上、弟に好き勝手にしゃべらせるくらいなら、自分から話した方がましと覚悟を決めたのだろう。三郎はまっすぐ若狭を見据えてきた。

「私が何でも話しますから、お尋ねください」

「御所さまがご不満だというのは分かったわ。それで、御所さまは宿老たちに抗議なさったの？　父上から、御所さまと宿老たちが対立しているという話は聞いていないけれ

ど……」

「宿老たちの合議はすでに決まったことなので、今さら何を言っても聞く耳を持ってもらえないようです。御所さまは謀られたとおっしゃっておいででした」

そのあたりのくわしいことは分からないと三郎は言うが、宿老たちの合議の実態について明かされないまま、頼家は承諾させられたのだろう。後から知ったところで、すでに覆すことはできなかったようだ。

そして、この件については、祖父の北条時政や叔父の義時、乳母夫の比企能員を頼ることもできない。怒りをぶつける相手としては、同世代の乳母子たちだけということなのだろう。

「訊きたいことはまだあるわ」

横で欠伸《あくび》をした弥四郎を睨みつけ、若狭はさらに言った。

「ご不満をお持ちだということは分かったけれど、それならそれで、暇がおできになったのよね。それなのに、どうして御所さまは私のところへ来てくださらないのです？」

これまでは、父の葬儀、鎌倉殿就任という多忙の中、頼家も気ままに動けなかっただろう。だが、今の話によれば、頼家には暇ができたはずなのである。

ところが、三郎は再び口をつぐんでしまい、返事をしない。

「ご不満ならば、私にこそ打ち明けてくださるべきではありませんか。それとも、私以外に女がいるというのですか」

弟たち二人の表情をそれまで以上に注意深く観察する。

「そ、そういうわけではありませんよ」

三郎は慌てて言った。

「ご不満の聞き役は専ら私たちです。もちろんただ不満を吐き出しているだけではなくて、お酒が入ることもありますが」

「お酒なら、私のところでお飲みになればいいし、愚痴だって聞いて差し上げます。私のところ以上に、御所さまが弱音を吐ける場所なんてあるはずがないのだから」

「それは違うんじゃないかな」

その時、弥四郎が再び口を開いた。

「たぶん、御所さまは姉上の前で、そういうお姿は見せたくないんだと思いますけど」

まだまだ子供と思っていた下の弟の発言に、若狭は少し驚いた。

「私も同じように思います」

と、三郎も言葉を添える。

「とにかく、今はもう少しだけ御所さまを温かく見守ってください」

「そうですよ。御所さまはたくさんお気の毒な目に遭われたんですから」

「御所さまのお気持ちが落ち着くのには、もうしばらくかかるでしょうが、時が経てば、必ず姉上のもとに足を運ばれるはずです」

弟たちから口々に言われれば、うなずくしかない。

「引き止めて悪かったわ。ゆっくり休んで疲れを取ってちょうだい」

弟たちを労って穏やかに言うと、二人ともほっとした表情をして立ち上がる。

二人が立ち去った後で、ふと思い出した。話に気を取られて忠告するのを忘れてしまったが、二人とも息が酒くさかった。おそらく御所で飲んだ酒が抜けきっていなかったのだろう。

まだ夕刻には間のある頃おいである。頼家も含め、三人とも昼間から酒を過ごしているのだろうか。

弟たちの言葉を受け容れつつも、ほんの少し、不安が残った。そして、この時の不安は三月の後、若狭の予想を超えた形で的中することになる。

六章　暴君の真意

一

　頼朝が亡くなった建久十年は四月末に改元が行われ、正治《しょうじ》元（一一九九）年となった。そして、この年の八月半ば、甘縄にある安達盛長の館に帰宅した嫡男の弥九郎景盛は、館の様子が出立前と異なるように感じた。

　というのも、景盛は頼家の命令により、ひと月前から三河国《みかわのくに》へ出向いていたのである。仕事を無事に終えての帰宅に気持ちは晴れ晴れとしていたが、浮き立つ心には別の理由もあった。館の離れでは、京から下ってきた白拍子の女が待っているはずである。

　このところ、鎌倉には白拍子や遊女が増えた。宴《うたげ》の席に呼ばれることも多く、京の女は人気もあって仕事に困らない。

　景盛が白拍子の鈴虫《すずむし》に出会ったのは、今年の五月の宴席でのことである。小笠原長経《おがさわらながつね》という御家人の館で開かれたのだが、これに誘われた時、景盛は初め憤りを覚えた。というのも、頼朝が亡くなってまだ半年にもならず、ちょうどこの頃、頼朝と政子の次女三幡《さんまん》姫が病に臥《ふ》せっていたためでもある。

こんな時期に宴など——と眉を顰めかけた景盛だったが、

「御所さまや比企三郎、弥四郎殿、北条五郎殿もお見えになりますので、ぜひ」

と言われれば、行かぬというわけにはいかなかった。頼家臨席の上、頼家の乳母子や外叔父までもが参座するなら、咎められることもないだろう。

小笠原長経は頼家の側近で、この年二十一歳。宴の顔ぶれもすべて若い者ばかりであった。要するに、これは頼家が今後、新しい鎌倉を作っていく上で頼みとする若い人々を集めた宴なのだ。ならば、負い目を感じる必要もない。

そう考えて、景盛はこの宴に参座した。ここに、白拍子として招かれていたのが、鈴虫だった。

他にも、酌をする女や白拍子はいたのだが、鈴虫は飛びぬけて目立っていた。美しいだけでなく、歌声も舞もいい。その声にも立ち居振る舞いの一つひとつにも、どこか婀娜《あだ》っぽいところがあって、景盛は目が離せなくなった。

初めて女に心を奪われたと言っていい。あんな女を館に囲うことができたら、日々の暮らしがどれほど色鮮やかなものになるだろう。

だが、そう感じたのは景盛だけではない。他の男たちも同じだった。おそらくは、頼家も北条時連も。

館の主である小笠原長経はすかさず頼家の意向を察知し、

「お気に召されましたのなら、おそばで酌などさせましょう」

と、鈴虫を呼び寄せ、頼家のそばに座らせた。しばらくすると、

「御所さま、美人の独り占めはよくありませぬな。野に咲く花は皆で愛《め》でるものでございましょう」

と、いささか酔った口調で、北条時連が言い出した。

「そもそも、御所さまにおかれては、比企ヶ谷に咲く花を独り占めなさっておいでではありませんか。ああ、あの花は咲き誇る牡丹《ぼたん》か、谷間に咲く姫百合《ひめゆり》か」

ひどい酔い方であった。もっとも酔ったふりをしていただけかもしれないが……。さすがに若狭局のことだと誰でも分かる。若狭局を北条時連が気に入っていたのは、御所に出入りする者の間では周知のことで、その鼻面をかすめる形で、頼家が若狭局を手に入れたのもよく知られていた。

「北条五郎殿」

と、小笠原長経が小声でたしなめ、比企三郎と弥四郎はきまり悪そうにあらぬ方を向いている。

しかし、頼家はさすがに鷹揚だった。若狭局を手に入れた優位がそうさせるのか、あるいは相手が叔父であるゆえに目をつむったのか、時連の無礼は咎めず、白拍子の鈴虫を時連のもとへ行かせた。

その後は、時連が人目も憚《はばか》らず鈴虫を口説くのを聞かされたが、かなり座が乱れてきた頃、ようやく鈴虫が景盛の隣へやって来て、酌をしてくれた。

「鎌倉の殿方たちは……もっとお堅くて、無骨でいらっしゃると思っていましたのに」

と、鈴虫は小声で景盛にささやいた。

女が何を言わんとしているのか、景盛にはよく分からず、注《つ》がれた酒を一気に乾《ほ》した。何か言葉を返さねばと焦り、

「実はそうでもなかったということか」

と、訊いた。

「はい。御所さまは都の公卿《くぎょう》の方々のように雅《みやび》ですし、他の殿方も殿上人《てんじょうびと》かもう少し下の位の方々とさほど変わりませんわ」

「そうか。ならば、そなたにとっては仕事がやりやすかろう」

「そう……ですわね。でも、私は無骨で真面目な方が好き。女を口説くことにも慣れていないような……」

鈴虫は景盛をじっと見つめ、微笑んだ。顔を傾けたのは他の者に見えぬよう意識してのことらしい。そして、折敷《おしき》の陰で、景盛の手をそっと握ってきた。

女が、無骨で真面目に見える自分を気に入ってくれたのだと分かった。頼家よりも北条時連よりも、この自分を――。

それなのに、景盛は自分の館へ来いと言うことができなかった。ただ、

「私は安達弥九郎という。甘縄に館がある」

と、告げるのが精いっぱいだった。女は微笑みを返しただけで、何も言わず、景盛の隣から去っていった。

きっと自分の意気地のなさを見抜かれたのだと思った。その後は気が沈み、一人で酒を呷《あお》り続け、小笠原の館を出た。

鈴虫は頼家か北条時連のもとへでも行ったのだろうと思った。

ところが、その数日後、鈴虫は安達の館へ景盛を訪ねてきた。ふつうの小袖姿の鈴虫は、あの晩の婀娜っぽさはなく、瑞々《みずみず》しい美しさにあふれていた。

改めて景盛は鈴虫に心を奪われた。得がたい女だと思った。その女が頼家でも時連でもなく、自分を選んでくれたのは奇跡でしかない。

そこで、鈴虫を妾として館に置き、片時もそばから離さず寵愛し始めた。

正妻はまだ持っていなかったので、文句を言う者はいなかった。小言を言ったかもしれぬ母の丹後内侍はすでに亡くなっており、父の盛長は見て見ぬふりをしていた。

鈴虫との暮らしは夢のようだったが、間もなく中断を余儀なくされた。訴訟の調査のため三河国へ出向かねばならなくなったのである。

その間、また鈴虫が宴席に招かれるのではないかと心配だったが、

「お館で、あなたさまのお帰りをお待ちしております」

と、鈴虫は言ってくれた。もはや他の男たちの前で、歌ったり舞ったりする気持ちにはなれないと言う女を、つくづくかわいいと思う。一日も早く戻ると堅く約束し、景盛は三河へ出立した。

景盛の心が急いていたのは、この鈴虫が心にかかるからであったが、

「鈴虫はいるか」

と、呼びかけた時から、景盛は何か嫌な予感にとらわれた。自分の声が館の静寂に吸い込まれていく気がする。

館に仕えている者もいるはずなのに、初めに出迎えた侍の他には、誰も姿を見せないのだ。何かあったのではないかという予感は高まっていった。

皆が自分を避けている理由といえば、鈴虫に関わることだろう。差し当たって最もありそうなのは、鈴虫がこの館の暮らしに飽きて立ち去ったという結末だった。京の女に鎌倉の暮らしは退屈に過ぎたのだろう。まして、鈴虫が望んだこととはいえ、自分は白拍子の仕事をも辞めさせてしまった。自分が一緒にいる間はともかく、一人になった鈴虫は我に返り、自分のいるべき場所へ戻ってしまったのではないか。

そんな不安に苛《さいな》まれながら、景盛は館の奥へと進み、まず父の居室へ向かった。心なしか、父が以前より老け込んでいるように見える。

「ただ今、戻りました」

と、帰宅の挨拶を述べた後、すぐに鈴虫のことを尋ねた。

「あの娘はもうここにはおらぬ」

と、父は低い声で言った。ああやはり――という失望がよぎったものの、そのまま納得はしかねて、景盛はさらに問うた。

「鈴虫は何か言い残していきませんでしたか」

いくら何でも、自分への最後の言葉があっただろうと思って訊くと、父は疲れた顔で首を横に振った。

「さような暇はなかった」

「暇がない？」

どういうことなのだろう。何かよほど急がなければならぬ事情でもあったのか。

「鈴虫は急いでここを出ていったということですか」

「……さよう。迎えの者が参ってな」

「迎えとはどこの誰です？　鈴虫の身内は鎌倉にはおらぬはずですぞ」

父はすぐに答えようとしなかった。

「どこの誰かも分からぬことはありますまい」

さらに問いただすと、父は苦い表情で仕方なさそうに口を開いた。

「あっという間の出来事だった。わしが知ったのは連れ出された後のことじゃ」

「それは、何者かが鈴虫を連れ去ったということになりませんか。この安達の館に入り込み、さような無体を働く者がいようとは――」

「その時のくわしい事情はわしも知らぬ。後から知ったところでは、連れ去ったのは小笠原の侍じゃ」

「小笠原の――？」

ますますわけが分からない。もしや、小笠原長経はあの宴の折、鈴虫に目を付けていたのだろうか。そして、景盛の留守を狙って、鈴虫を連れ去ったということなのか。

「鈴虫はしばらく小笠原の館にいたと聞いておる」

父の言葉を聞き、景盛は自分の想像に確信を持った。怒りに任せて立ち上がると、

「どこへ行く」

と、父が初めて鋭い声を出して問いかけてきた。

「無論、小笠原の館です。鈴虫を取り返してまいります」

いくら卑賤《ひせん》の女とはいえ、武家の館に囲われている者を無理に連れ出すなど許されていいはずがない。しかし、

「女はもう小笠原の館にはおらぬぞ」

と、行きかけた景盛の背を父の声が追いかけてきた。

「では、鈴虫はどこにいるのです」

父の口ぶりはその答えを知っているように聞こえた。立ち止まって振り返った景盛を、父はじっと悲しげな目で見据えた。一つ息を吐いた後、

「北向御所《きたむき》じゃ」

と、父は告げた。

そこは、今、二代目鎌倉殿となった頼家が住まいする一角である。

頭に鈍い痛みが襲いかかり、目の前が暗くなった。

それでは、鈴虫を襲ったのは、頼家の命を受けた小笠原の手勢だったということになるのか。今頃、鈴虫は頼家の弄び者となっているというのか。

こんな暴挙が許されていいはずない。これほど愚劣な男が鎌倉の主人でいいはずがなかろう。

煮えたぎる憤怒《ふんぬ》を胸の中で叫び立てていたつもりだったが、思わず声に出してしまっていたのか。

「御所さまを恨むな」

と、父が悲しい声で言った。

「何があってもあの方に逆らわぬのが、亡き母との約束じゃ」

——何があろうとも。

そう、確かに亡き母はそう言った。

たとえ鎌倉中の御家人がこぞって頼家に背こうとも、たとえ頼家がどれほど愚かな真似をしようとも、と――。それに対し、自分は頼家が正しくなければ従えないと意見を述べたが、善悪や正邪が立場によって変わるこの世の中で、それを論じることの無意味さを父に説かれた。それで自分は納得し、母の言葉に従うと誓ったのだが……。

どうして、あの時、承知してしまったのだろう。頼家がこれほどまでに愚かな男とも知らず。これほど人の道に背いた悪逆な主人になると想像もせず。

景盛はその場に膝をついた。駆け出したくなるのをこらえるためには、血のにじむほど唇を嚙《か》み締めねばならなかった。

二

一月に頼朝が亡くなってから、若狭はしばらく頼家に会えないでいたが、四月の終わり頃には、頼家も再び比企ヶ谷の館へ顔を見せるようにはなった。しかし、以前のように頻繁にというわけではない。そして、その折にも、若狭と一幡を御所へ引き取ろうという話が出ることはなかった。

この頃の頼家は、合議で政務に携わるようになった十三人の宿老たちに敵意を抱き、ならば自分は自分で勝手にやるとばかり、比企三郎や弥四郎を含む若い側近たち五名を名指しし、その他の者は目通りを許さぬという命令を出したりしていた。

これにより、比企家は何とも難しい立場に追いやられた。十三人の宿老の一人である能員は、頼家の岳父でありながら憎まれる立場にあり、一方で、その息子の三郎や弥四郎は頼家のお気に入りなのである。

一家の者が別々に、対立する徒党に属しているようなもので、三郎や弥四郎は居心地が悪いのか、なかなか比企ヶ谷の館に帰ってこない。それと軌を一にするかのように、頼家の足も比企家から遠ざかっていき、六月の半ば頃にはすっかり途絶えてしまった。

一応、文だけは若狭のもとへ届けられる。一幡を頼む、今しばらく辛抱してくれ、というような内容だが、どことなくおざなりで、思いがこもっているようには感じられなかった。

「御所さまはもう、私のことなどお見限りなのでしょう」

若狭がそんな言葉を吐けば、

「さようなこと、あるはずがございません」

と、初めのうちは力強く言葉を返していた津留でさえ、暦が秋に変わった頃には、

「一幡君がおいでになるのですから、お心強くお思いくださいませ」

などと言うようになった。つまり、女として大事にされることはなくなっても、長男の母として大事にはしてもらえるはずだから、それで満足しろという意である。

そんな扱いに、この自分が耐えられるはずがない。幼い頃から知る乳母ならば、そのくらいのことは分かるだろうに。

いや、分かっていても、努力でどうにかできることではないから、他に言いようもないのだろう。

津留は七月の終わり頃から日に少しばかりの暇を願い出て、どこかへ出かけることが多くなった。鶴岡八幡宮へ願掛けに行っているのだ。おそらく願いごとは、若狭が頼家の心を取り戻せますように、というものだろう。津留が話そうとしないので、若狭も知らぬふりを続けているが、乳母にそんな心配をさせていると思えば心苦しかった。

八月の十九日もいつものように、津留は出かけていくと見えたのだが、いくらも経たぬうちに、

「姫さま、た、大変でございます」

と、慌てふためいて駆け戻ってきた。

「いったい、どうしたの」

常ならぬ乳母の慌てぶりに目を瞠って問うと、

「先ほど、御所からお戻りになった奥方さまから伺ったお話なのですが……」

と、前置きし、津留は語り出した。

「御所さまが安達家に兵を差し向けられたそうにございます」

「安達家に兵を――？」

話の中身が意外すぎて、まったく理解できない。安達盛長の亡き妻は、比企尼の長女である丹後内侍遠子だ。遠子本人は頼家の乳母ではないが、二人の妹が乳母なのだから、安達家は頼家にとって身近な一家であろう。

その安達家へ兵を向けるとはどういうことか。安達盛長は頼朝が流人だった頃から仕えた側近で、よもや謀反を企むとは考えられない。

「何でも、弥九郎殿（景盛）が謀反を企んでおられるとか」

「弥九郎殿が？　まさか」

父の盛長によく似た実直な従兄を思い浮かべ、若狭は言った。

「日が西から昇ることがあっても、弥九郎殿が謀反を起こすなど考えられない」

「私も、さようには思うのでございますが……」

と、そこで津留は困惑気味に若狭から目をそらした。

「何か、弥九郎殿が謀反を起こしても仕方がないと思えるような理由があるというの？」

「それは、その……」

津留は言いよどんだまま、目を合わせようとしない。

「ここまで話しておいて、今さら口をつぐむことはないでしょう。御所さまと安達の話なら、いずれ私の耳に入ることです」

若狭が迫ると、津留は覚悟を決めた様子で顔を上げた。

「落ち着いてお聞きくださいまし。御所さまは弥九郎殿がお留守の際を狙い、弥九郎殿の妾を連れ出されたそうです。その妾を北向御所にて寵愛なさっておられるとか。弥九郎殿はご帰宅してそのことを知り……。あ、姫さま」

津留の声が追いかけてきたが、若狭は振り返りもせず居室の外へ飛び出した。もつれそうになる足で廊下を進み、母のいる母屋の一室へと向かう。

——弥九郎殿の妾を連れ出され……。

——妾を北向御所にて寵愛……。

津留から聞かされたその言葉が耳の奥でくり返し響き渡る。体中の血が沸き立っているように感じられ、かつて知らぬ怒りと屈辱ゆえに、どうにかなってしまいそうだ。

ああ、いっそどうにかなってほしいと思った。このまま意識を失って死んでしまおうが、正気を失くして道理が分からなくなろうが、かまうものか。なまじ物事を理解できる頭でもって、この恥ずべき出来事についてあれこれ考えねばならぬことが疎ましくてならない。

だが、どれだけ心で願っても、正気を手放すことはできず、若狭は母のもとへと駆け込んだ。

「母上、御所さまが安達へ兵を向けたと聞きました。三郎や弥四郎は何をしているのです。父上はどうなさるおつもりですか」

母の前に座り込んで問いかけると、「そんなに矢継ぎ早に責め立てないでちょうだい」と、母自身も昂奮した口ぶりで言った。とにかく事情を知って驚愕《きょうがく》し、大慌てで館へ戻り、事の次第を能員に伝えたところなのだという。何も知らなかった能員は、くわしいことを確かめると御所へ出かけたそうだ。

それから、徐々に落ち着きを取り戻した母から、細かな経緯《いきさつ》を若狭は聞いた。隠し立てはせずすべてを教えてほしいと頼むと、母も覚悟の上ですべてを話してくれた。

頼家が安達景盛の妾を盗んで、景盛がそれに不満を抱いたのは想像に難くない。とはいえ、それが謀反と呼べるほどのものだったのかは分からないのだが、そんな噂が立ち、頼家がそれを真に受けたのだった。

頼家は比企家の三郎と弥四郎を含む側近たちに、安達家の甘縄の館へ兵を向けるよう命じた。驚くべきことに、三郎と弥四郎はその命令に従ったという。

「御所さまのご命令には逆らえなかったのでしょう」

と、母は息子たちを庇うようなことを言ったが、

「主人が過ちを犯したならば、それを正すのがまことの忠臣というもの。あれで俵藤太さまの末裔《まつえい》とは、聞いてあきれるわ」

と、若狭は弟たちを遠慮なく非難した。だが、本当に非難されるべきは弟たちではない。

とにかく、三郎と弥四郎を含む頼家の側近たちは、安達家へ攻め寄せたのだが、そこには、頼朝の死後出家して、今や尼御台と呼ばれる北条政子がいたという。

「安達を討つというのなら、まず私を倒してからになさい、と尼御台さまがおっしゃったのだとか。それで、兵たちは引き揚げ、安達家は事なきを得たそうですよ」

安達盛長と景盛は頼家に逆らう気はなく、すでに安達家滅亡の覚悟を決めていたそうだが、そこを政子に救われた形となった。二人は涙を流して政子に心から感謝したという。景盛は政子の勧めにより、恭順の起請文を頼家に差し出すことを承知し、これでこの一件は収まることになりそうだと、母は告げた。

「三郎や弥四郎が罪に問われるようなことにならなければよいのだけれど……」

側近たちが勝手にしたことだという形で、この件が処理されるのを、母は恐れているのだろう。父が御所へ舞い戻ったのも、そのあたりの様子を探り、場合によっては根回しをするためかもしれない。

だが、若狭は弟たちのことを案じてはいなかった。仮に何らかの処分が下されたとしても、頼家の命令だったことは明らかなのだから、すぐに許されるはずだ。

それよりも、父と母は頼家をこうも愚か者に育ててしまったことを、心から悔いるべきではないのか。これは、乳母夫妻としての大失態である。

そして、その愚か者を夫とする自分と、父に持つ一幡はいったい、世間からどんな目で見られることか。

頼家がどれだけ嘲笑されようが、それはこの際、どうでもいい。若狭自身が嗤《わら》われるのも、まあ、我慢しよう。だが、一幡が肩身の狭い思いをすることだけはどうにも耐えがたい。そのくらいならば――。

「私、御所さまのことを一生許しません」

若狭が言い放つと、母は突然のことに「何ですって」と目を丸くした。

「御所さまが他の女人にお目をかけられたからといって、どうこう言うつもりはありません。もちろん、それだって腹は立ちますが、騒げば騒ぐほど、私が嗤われるだけですもの。けれど、他の人の妾を奪うなんて、鬼畜の所業です。御所さまは人をおやめになるおつもりなんでしょう」

母に言っても仕方のないことなのだが、いったん口を開いたら止まらなくなった。

「姫さまっ！」

いつの間に来ていたのか、津留が若狭の袖をつかんで「おやめください」と哀願した。

「そうですよ。御所さまを鬼畜と罵るなど、たとえ誰であろうと許されることではありません」

驚きから立ち直った母も、若狭を叱りつけた。

「許されないとおっしゃるのなら、私をどうにでもしてください。この先、私と一幡は鬼畜の妻、鬼畜の子と爪弾《つまはじ》きにされるのでしょう。そんな仕打ちには我慢がなりませんから、私と一幡は世を捨てることにいたします」

「何を言うの！」

「姫さま、お気を確かに」

母と津留の悲鳴のような声が重なり合った。

「私は正気ですとも。親不孝とは思いますが、どうか引き止めないでください」

最後は静かに言い置き、若狭は立ち上がった。

「津留、あの子を追いかけて！」

母の叫ぶ声が聞こえてきたが、振り返らなかった。

「絶対に髪など切らせてはなりません。鋏《はさみ》は捨てておくれ。あの子から片時も目を離さぬように」

慌てふためく母の言葉に、「はい、はい」と答えつつ、津留が追いかけてくる。

「姫さま、世を捨てるなど、まさか本気ではございませんよね」

泣きそうな声で津留が訴えるが、若狭は返事もせず歩き続けた。

「一幡さまは姫さまのお子であると同時に、御所さまのお子でございます。そのお子を御所さまのお許しもなく出家させるなど、許されるはずがありません」

「母親が出家の身では、この先、御所さまからも目をかけてはいただけないでしょう。私なりに腹違いの弟たちより軽んじられるのは哀れゆえ、出家させようというのです。我が子を思ってのこと」

「何をおっしゃいますか。御所さまはちょっとした気の迷いにとらわれただけでございましょう。正気に戻られれば、姫さまのもとへ必ず帰ってこられます。ここは、お心を広くお持ちになられて……」

津留のなだめたりすかしたりは、その後も続いたが、若狭が応じることはないまま、やがていつもの居室へたどり着いた。津留はその途端、棚に走り寄り、鋏の入った筥を取るや、胸に抱え込んだ。何があっても若狭に渡すものかという様子で、身構えている。

さすがに力ずくで取り返そうとは思わないが、出家を口にしたのはその場の勢いというわけではなかった。

頼家が心の底から過ちを悔やまぬ限り、自分と一幡は出家する。口先だけの言葉や謝罪で、この私を言いくるめられると思ったら大間違いだ。

七つの時から知る相手のまことと嘘を見破れぬはずがない。怒りに任せてそう思った時、棚の前に立つ津留の肩越しに、鏡筥が目に入ってきた。棚に近付いていくと、

「何をするのでございますか」

と、津留が警戒心を剝き出しにして問う。

「鋏を渡せとは言いません。私はそこの鏡筥を取りたいだけ」

津留の鋭い眼差しにとらえられつつ、若狭は鏡筥を取った。

「鏡を見るだけだから、そんなに仰々しい目で見つめないでちょうだい」

と、津留に言い、若狭は褥《しとね》に座って鏡筥を開けた。鏡を見るふりをしながら、津留の目を盗んで、筥の下から古い紙を取り出す。星月夜の井へ連れ出してくれた時の頼家からの呼び出しの文は変わらずにそこにあった。

三

安達家に兵が向けられた一件は、北条政子の制止によって収まり、頼家が囲っていた鈴虫は北向御所から出された。安達景盛は謀反の心は持たぬという起請文を差し出し、表向き、頼家を恨むそぶりは見せていない。

兵を動かした比企三郎や弥四郎が咎めを受けることもなく、鎌倉には再び平穏が戻ってきた。

しかし、若狭は館の中に引きこもり、居所としている北側の一角から出ていくことさえなくなった。津留は若狭が勝手に髪を切らぬよう見張りに余念がない。しばらくは鶴岡八幡宮への参拝も控えていたようだが、十日ほどもすると、そわそわし始めた。

仮に若狭の出家を阻止できたとしても、頼家から捨てられてしまっては意味がないと気づいたのだろう、

「姫さま、八幡さまへお参りなさってはいかがでしょう」

と、津留は言い出した。

「お参りに行きたいのなら、津留が一人で行けばいいわ」

「ですが」

その間に、若狭が髪を切るのではないかと気がかりなのだ。

「鋏もないのに、どうやって髪を切るのよ。心配なら、誰かに見張りを頼んでいけばいいでしょう？」

若狭が言うと、しばらく迷っていたが、やがて背に腹は代えられぬとばかり、他の女房に見張りをくれぐれもと頼み込んで出かけていった。

そんなふうに、津留が参詣を再開してから七日の後、その日もお参りに行った津留はいつになく昂奮した様子で帰ってきた。

「姫さま、八幡さまは何と霊験あらたかなのでございましょう。私の祈願をわずか数日で聞き届けてくださいました！」

と、息を切らせながら言う。

「何の話？」

「ですから、八幡さまが御所さまを呼び戻してくださったのでございます」

「え、御所さまが？」

若狭も慌てふためいた。事前に行くという知らせがあると思っていたのに、突然やって来るとは――。長の無沙汰をしておいて、何という無作法。私をこれ以上怒らせたいのかと思わぬでもないが、行くと告げても断られると見越してのことかもしれない。

「御所さまはもう、館に入ってしまわれたの？」

さらに問うと、館に入ったのは津留の方が先だったという。途中で頼家の姿を見かけた津留は慌てて館へ戻り、まず凪子に知らせたそうだ。凪子はしばらく頼家を母屋に留めておくから、その間に若狭は支度を調えるように、と言ったらしい。

「若君の乳母をお呼びになっておられましたから、まずは若君を御所さまのお目にかけて、しばらく時を稼いでくださるはずです。ささ、その間に姫さまはお召し物を替えて、お化粧を――」

津留はすっかりうきうきした様子で言う。

着替えをして化粧をするなどとんでもない話だ。それでは、まるで自分が喜んで頼家を迎え入れるふうではないか。そんな姿を見れば、頼家は許してもらえたと甘い考えを抱き、何ごともなかったかのように振る舞い出すかもしれない。

だが、自分はなかったことになどするつもりは断じてない。

「もう中へ入ってしまわれたというのなら仕方がないわ。一幡にもお会いになればよいでしょう。でも、私は具合が悪くて休んでいるから、お会いすることはできませんと伝えてちょうだい」

若狭はそれだけ言うと立ち上がり、帳台へと向かった。褥が敷かれており、几帳《きちょう》が立て回されて中は暗い。

傍らにあった紅葉襲《もみじがさね》に合わせる袿を引き被ったが、病人にしては少々派手めか。しかし、あまり入念に準備をする時はない。頼家があきらめて帰ることもあり得るのだし、かまわないだろう。

「姫さま、何を子供のように――」

追いかけてきた津留があきれた口ぶりで言ったが、「早く向こうへ行って」と追い払った。

「必ず御所さまに、私は具合を悪くしているとお伝えして」

袿の中から念を押して言うと、仕方なさそうに津留は帳台から離れていった。

頼家はおそらく、ここへ来ることに気後れを感じているはずだ。自分に会うのも恐ろしく、気まずくてならないだろう。それでも、あえてやって来たのは、さすがに出家などされては困ると思ったか、それとも父母や弟たちに泣いて頭でも下げられたか。

どちらにしても、会わないで済ませられるならそうしたいと思っているはずで、具合が悪いと聞けば、これ幸いと帰ってしまうかもしれない。

それならそれでいい、と思うそばから、本当にそれでいいのか、と問いかける声がする。

星の井の中に、ささやかなきらめきを見せてくれたあの日の頼家は、まぎれもなく自分のそばにいてくれたのに。いったい、いつから頼家の心は離れていってしまったのだろう。お互いに、美点も足りぬところも分かり切っている自分の何が、今になって頼家の不満になったのだろう。

――私のどこがお気に召さないのですか。

そう訊けるものならば訊いてみたい。そして、愛しい男の気に入るように、直せるものなら直したい。

だが、自分にはそれができないのだ。いや、頼家を相手にそれができない。たとえば、これが自分より年上の、互いに知らぬところもある男であれば、たぶん何の躊躇いもなく素直に訊けると思うのに。

どうして、年下の幼馴染の男などを夫に選んでしまったのだろう。そうでない人生を選ぶ道だって、なかったわけでもあるまいに。

「……入るぞ」

突然、近くで声がした。几帳を動かす音がして、衣擦れの音が近付いてくる。

頼家が来たのだ。帳台のそばへ近付かれるまで、まったく気づかなかったとは、何という迂闊さ。

それにしても、何を言えばいいのか、まだ心の準備ができていない。いや、どうしてこちらが心の準備をしなければならないのか。まず詫びを入れるのはあちらであろう。それでも、何やら逃げ隠れたい気持ちが先に来て、若狭は袿の中にさらに深くもぐり込んだ。

「具合が悪いと聞いたが……」

ひどく優しい声がした。何を今さら、と無言を通す。

ところが、頼家は顔を見せよとも言わず、袿を剝ぎ取ろうともしなかった。ついに、沈黙に耐え切れなくなる。

「私のことなど、とうにお忘れと思いましたが、今でも案じてくださるのですか」

袿を被ったまま言うと、

「声が聞けてよかった」

と、頼家は言い、安堵の息を吐いた気配が伝わってきた。

「私にはお飽きになって、新しい方をご寵愛と伺いましたが」

声が尖るのはどうしようもなかった。

「他に女がどれだけいようと、そなたは格別だ。そんなことは、そなたがいちばんよく分かっているだろうに」

袿に頼家の手がかけられた。すっとそれを引かれた時、若狭の指から力が抜けた。袿はあっけなく剝ぎ取られた。少しまぶしそうに目を細め、見下ろしてくる頼家の顔は、若狭がよく知る男のままに見えた。本当に、この人が他人の妾を奪うなどという卑しい行いをしたのだろうか。だが、

「怒って……いるのだろうな」

と、若狭の顔色を窺《うかが》うように問うたのは、明らかにあの事件を指しての言葉だろう。

やはり、頼家は景盛の妾を強奪したのだ。

「あれほどのことをしておいて、ようものこのこと私の前に現れることができましたね」

「だから、悪かったと思っている」

頼家は淡々と答える。心から悪かったと思っているふうには見えない。といって、開き直ってふてくされているというわけでもない。

この頼家の反応は予想を超えたもので、若狭は少し戸惑った。たった今、以前と変わらないように見えたこの夫は、今や自分の知らぬ人のように見える。といって、他人の女を奪う下劣な男に見えるわけでもない。

知らぬところなどないと思い込んでいた夫は、実は別の顔をいくつも隠し持っていた

のだろうか。

「何とお情けない」

なおも戸惑いから抜け出せぬまま、若狭は言った。情けないのは、夫のあの行いなのか、今になって夫の本性が分からなくなりかけている自分自身なのか、それも分からなかった。

その時、まるで天啓のように、頼家に投げかけるべき言葉がひらめいた。

「河越の叔母さまが生きておいでであれば、どれほど嘆かれたかと思うと、私は本当に情けなくて涙が出てまいります」

そう言ううち、本当に涙があふれてきて、若狭は横を向き、そっと涙をぬぐった。

「いいや、河越尼君はそなたのようには言うまいよ」

思いがけぬ言葉が降りかかってきた。

「どういうことでございますの」

若狭は思わず身を起こした。頼家はそれまでより神妙な顔つきになっている。

「河越尼君は言っていた。この鎌倉には鵺《ぬえ》が住んでいるとな」

ますます思いがけない言葉である。

「鵺とは、猿の頭に、虎の手足でしたか。とにかく種々の獣が合わさってできた物《もの》の怪《け》の鵺のことですか」

「さよう。鵺は人を喰《く》らう。判官殿は鵺に憑《つ》かれて殺されたのだと、河越尼君は言っていた」

義経が鵺に憑かれたというのなら、鵺はやはり何かのたとえという意味だろう。

「判官さまを殺した者が鵺というのなら……」

直に殺したのは藤原泰衡だが、泰衡を威圧したのは頼朝である。鵺は鎌倉に住んでいるというなら、その正体はやはり頼朝なのか。しかし、その頼朝はもういない。ならば、鵺に脅える必要はもうないし、そもそも頼朝が鵺だとして、頼家を襲うはずがない。

「この鎌倉で油断ならぬ者と思われたら最後、鵺に喰われてしまう。だから、若君も気をつけなさいと言われた。人からは愚か者と思われるくらいでちょうどよいのだとな」

河越尼――朝子が本当にそう言ったのなら、その言葉は頼朝を――少なくとも頼朝一人を指したものではないのだろう。この鎌倉の権力者たちの疑心暗鬼、そのために命を奪われた人々の怨霊――それらのすべて合わさったものが鵺なのかもしれない。そうだとしたら、義経や範頼、あるいは平家一門の怨霊に憑かれて死んだと噂される頼朝もまた、鵺に殺されたと言えるのか。郷も朝子も死んで鵺の一部になったというのか。

何やらあまりに底知れぬ話で、朝子の真意を読み取るのは難しいというより、空恐ろしい。だが、それこそが、今回の事件を引き起こした頼家の真意というのだろうか。

「だから、他人の妾を奪って愚か者のふりをしてみせたのだと、おっしゃりたいのですか」

　そう口に出して問うと、不意にばかばかしい気がしてきた。

「まあ、そなたがそう信じてくれればありがたいが」

　最後は、肩透かしを食わせるように、頼家は軽く笑ってみせる。

　すべてをそのまま信じることなどできはしないし、あの行いを許すつもりもない。そして、頼家のことがよく分からなくなったのも事実だった。

　それでも、この人を忘れて世を捨てることはやはりできないと思った。妻としての情もあるが、それだけではない。もしここで頼家を捨ててしまったら、きっと朝子が悲しむだろうと思うからだ。

　頼家を襲うかもしれない鵺は、一幡をも狙ってくるかもしれない。鵺から夫と子を守るのは私の務め。

　自分はもうそうやって生きていくしかないのだと思った。その覚悟は少し苦々しく、切なく、それでいてここ数ヶ月の寂しさを埋めてくれるものでもあった。

七章　鬼子母神

一

　それから三年が過ぎた建仁《けんにん》二（一二〇二）年の夏、若狭は二人目の子を産んだ。この頃の頼家には、若狭の他にも妻が複数おり、息子も儲《もう》けていたのだが、娘を持つのは初めてとなる。

　この頼家の長女は小姫《こひめ》と呼ばれ、比企ヶ谷の館で育てられることになった。

「この小姫さまこそ、貴人の妻となられるご運のお方なのでございましょうねえ」

　津留は小姫を抱き上げる度に、同じことを言う。

「兄君が三代目の鎌倉殿ですから、その妻にはなれませんし、それ以上のご身分のお方となると、やはり京の帝でございますかしら」

　末は帝に入内させる姫君だと、津留は信じ込んでいるようだ。

　娘の入内というのは、鎌倉殿の一家にとっての悲願のようなもので、頼家の姉妹はいずれも後鳥羽《ごとば》天皇への入内を望まれながら、それを果たせずに亡くなるという悲運に見舞われていた。だから、二代目鎌倉殿の娘を入内させるというのは、津留ばかりでなく、また比企家のみならず、鎌倉中のひそかな願いでもある。

同じ年の秋、頼家は京の朝廷から征夷大将軍の任を授けられ、名実ともに頼朝の後に続く武家の棟梁となった。頼家が家督を継いだ当初、十三人の宿老たちによって執り行うとされた合議制は、この頃すでに行われていない。その中の一人、梶原景時が鎌倉追放の上、戦場で討たれたのを機に、老齢の者が亡くなるなどして人員が欠け、その後は補充されることもなかった。そして、頼家の成長と共に意義を失い、瓦解したのである。

「若狭さま」

小姫が生まれてからの津留は、若狭のことをさすがに「姫さま」とは呼ばなくなった。本当は若狭を「御台さま」と呼ぶ日をただひたすら待ち侘《わ》びていたようなのだが、生憎、まだ御台所にはなっていない。

「小姫さまの御行く末をお頼みしに、八幡さまにお参りいたしましょう」

津留の言葉に、若狭はうなずいた。

「そうね。平賀の叔母さまのこともおすがりしなくてはなりませんし」

比企尼の娘三人のうち、ただ一人存命していた末の宗子は平賀義信の妻となり、頼家の乳母を務めてきたが、この年、病の床に就いていた。その平癒祈願については、頼家も御所の女房に代参させたと聞いている。

そこで、若狭と津留は秋も半ばになった頃、鶴岡八幡宮へと出向いた。昼の頃はさわやかに吹く風も、夕刻近くには少しひんやりと感じられる。

いつものように途中から若宮大路に入って進むと、ちょうど鳥居前で、道の左手から来る武者の一団と出くわした。

「あの方は……」

つと足を止めて目を向けると、一行の主と見える男もじっと若狭を見つめている。壺《つぼ》装束《しょうぞく》の笠《かさ》を被り、薄絹で顔を隠したこちらの正体に気づいているのだろうか。

一行が近付くのをその場で待ち、若狭は笠を脱いだ。

「北条五郎殿」

北条政子の弟、五郎時連と再会するのは、若狭が御所を退いて以来のことであった。

「ああ、やはりあなたでしたか」

時連はさわやかな笑顔を見せた。

「私とお分かりになったのですか」

「目はよい方なので」

若狭の佇《たたず》まいもそうだが、後ろに従う津留に見覚えがあり、それで思い出したのだと時連は言った。若狭が御所勤めをしていた頃、津留も共に御所へ上がっており、当時、若狭への取り次ぎをしつこいくらい頼まれたという話は津留本人から聞いている。

「いや、お懐かしい。もう気安くお声をおかけするのが躊躇われるお方となってしまわれましたが」

時連は袖にされた過去などまるで気にしていない様子でしゃべる。それで、若狭も気をつかうことなく言葉を交わすことができた。

「何をおっしゃいますか。御所さまの叔父君に声をかけていただけるのはおそれ多いことです」

「いや、形は確かにそうですが、今や叔父などとは呼んでいただけません。五郎と呼び捨てにされておりますので」

あっけらかんと口にされた話に、「え」と若狭は虚を衝かれた。確かに、鎌倉殿になった頼家にとって、時連は配下の一人である。しかし、実の叔父に対して呼び捨ては無礼であろう。時連自身はあまり気にしているふうではないが、政子の耳に入れば、どう思われることか。

「まさか、御所さまは北条四郎殿（義時）をも呼び捨てにしておられるのですか」

さすがに心配になって尋ねると、「いえ、それはありません」と時連は笑って答えた。

「四郎の兄上のことは、叔父上とか叔父御とお呼びですよ。もっとも、あまり親しくおそばに招かれることはありませんが」

それに比べ、自分は頼家から親しくそばに招かれるのだと、時連は邪気のない様子で言った。そのことは、弟たちからも聞かされている。もっとも、政《まつりごと》に関わる意見を聞くためなどではなく、蹴鞠や酒の相手を専らにしているということだが……。

「今も、御所へ伺うところなのです」

と、時連は言った。この時刻に御所へ向かうということは、宴の席にでも招かれているのだろう。

「今日はいったん御所へ伺ったのですがね。蹴鞠のお相手をしてすっかり汗をかいてしまい、いったん館へ戻って着替えてまいったのです」

この言葉も、時連が頼家の遊び相手であることをうかがわせた。

「そういえば、私は名を改めたのですが、御所さまか弟君たちからお聞きでしたか」

「いえ、そのことは……」

「元服と同時にいただいた名の時連は、何でも『連』の字が銭を数える一貫、二貫の『貫』を連想させてよくないのだそうです。それで先月の終わりに、御所さまより『時《とき》房《ふさ》』という名を頂戴いたしました」

頼家は自分が付けたこの名を気に入り、「時房」と呼び捨てにすることもあるという。

「あなたさまも『時房』と呼び捨てにしてください」

と、時連――時房は言うが、これは軽口であった。

「とんでもないことでございます。諱《いみな》でお呼びするなど礼儀に反しております」

「御所さまのお身内となられた御台さまに、誰が文句など申しましょうか」

さりげなく添えられた一言に、若狭は少し驚いた。軽口として応じるべきか、聞かなかったことにして無視するべきか。戸惑いながら時房の目を見た時、驚きを超えて凍りついた。時房はすぐに目を伏せてしまったが、一瞬でもはっきり分かった。時房が若狭の反応をうかがっていたということは――。

「御所さまの御台所はまだ決まっておりませんのに、そのおっしゃりようはございませんでしょう。私は聞かなかったことにいたしますので、五郎殿も今のお言葉はお忘れくださいい」

若狭は時房から目をそらさずに告げた。卑屈にならず、といって傲慢にもならず。それこそが、いずれ御台所となる女に求められる機転と威厳のはずであった。

時房は再び若狭に目を戻した。その眼差しはもう、若狭の反応を探ろうとするものではなく、前と同じ愛想のよいこの男の気安さと親しみに満ちたものであった。

「分かりました。若狭殿のお言葉に従いましょう」

あえて若狭殿と言い直した物言いにも、これという含みはなく、鎌倉殿の妻に対する相応の敬意がこもったものと聞こえた。

「若狭殿もお子たちをお連れになって、たまには尼御台のもとへお顔をお見せください。自分からは言わないでしょうが、あれで孫の顔を見たくてならないのですよ。といって、尼御台が小御所へ足を運ぶとなれば、それはそれで大袈裟になってしまいますから」

時房は滑らかな調子で続けた。小御所という言葉がわずかに引っかかったものの、これは聞き流すことにする。

小御所という呼び方は鎌倉殿の跡継ぎが暮らす場所として用いられ、頼朝の生前は、頼家が政子と共に暮らす一角がそう呼ばれていた。

頼家が鎌倉殿となってからは、小御所という呼び方は使われなくなっていたのだが、近頃になって、比企ヶ谷の館が小御所と呼ばれ始めている。これはもちろん、比企氏が自ら使い始めたのではなく、鎌倉の御家人たちが勝手に言い始めたことだ。つまり、頼家の長男である一幡を、頼家の後継者と認めてのことであったが、この言い方は世間でふつうに使われていたから、あえて否定するのはわざとらしい。その代わり、

「もちろん、尼御台さまが比企ヶ谷へお越しになるには及びません」

と、若狭は言い直した。比企氏の者が自分の館を小御所と言えば、傲慢と見なされる恐れがある。

「御所さまや子供たちの乳母とも相談しまして、尼御台さまのもとへ参上いたしましょう」

若狭が頭を下げて「尼御台さまによろしくお伝えくださいませ」と告げると、時房も「かしこまりました」と丁重に応じた。そして、それ以上は話を引き延ばさず、時房の一行は御所へ向かって歩き出した。

若狭はその場で見送った。時房たちが遠ざかってしまうのを待って、

「相変わらずの気さくなお方でございますね」

と、津留が言った。

「それに、若狭さまを御台さまとお呼びするなんて、気位の高いご一族とも思えぬおっしゃりよう。一幡さまの世を見越して、媚《こ》びておられるのでございましょうか」

などと、津留はまんざらでもない様子である。

「声が大きいですよ」

若狭は津留をたしなめた。

「あ、申し訳ございません」

と、小声で謝る津留に聞かせるでもなく、

「私はもう、あの方が気さくなお方とは……見えなくなりました」

と、若狭は呟いていた。

「どういうことでございますか」

津留は不思議そうに問い返す。

「今のお言葉ならば、これまでは若狭さまもあの方を、気さくなお方と思ってらしたということですよね」

「ええ。昔のあの方は、確かにそう見えたけれど……」

そこで言葉を濁した若狭に、津留はますます合点がいかないという表情をする。

「若狭さまと同じく、数年ぶりにあの方を拝見しましたが、私の目には当時とあまり変わらなく見えましたが……」

「いいえ。今はわざとそう振る舞っていらしたのよ。御台さまと呼びかけた時、あの方は私の顔色をうかがっていらしたもの。それに、小御所と口になさったのもわざとだと思うわ」

「さようでございましたか」

津留はそれ以上、言葉を返そうとはしなかったが、納得したからというより、あえて意を通すほどのことでもないと思ったからのようであった。

確かに考えすぎかもしれない。時房のことは頼家も気に入っているのだし、弟たちの物言いを聞く限り、三郎も弥四郎も時房のことを気の置けない人と思っているふうであった。

(でも、私はなぜか……)

時房がいつの間にやら、油断のならぬふぜいを身に着けたように思えてならなかった。

「若狭さま、そろそろ参りませんか」

津留から促され、思い出したように鶴岡八幡宮の中へと入る。

拝殿の前まで進み、一幡と小姫の無事と成長を願うと共に、叔母宗子の病平癒を願った。

（平賀の叔母さま、どうかお健やかにおなりください。丹後内侍さまや河越の叔母さま亡き今、御所さまと私が頼れるお方として、お元気でいていただかなくては――）

　この日の参拝の後も若狭は津留を代参に、宗子の平癒を祈願し続け、時には自らも八幡宮へ足を運んだ。

　しかし、この年の冬、ついに宗子は帰らぬ人となった。

二

　翌建仁三年の正月、一幡が鶴岡八幡宮へ参拝した。鎌倉殿の長男としての公の参詣であり、若狭は同行していない。代わりに、頼家の命令を受けた比企三郎、弥四郎が供をしている。

「ご苦労さま」

　比企ヶ谷の館で待っていた若狭は、一幡を乳母たちに託すと、弟たちを労ったのだが、その表情はどこか不自然だった。三郎の表情は硬く強張り、弥四郎の顔には怒りの色が佩かれている。

「何があったのですか」

　若狭の問いかけに対して、弥四郎が先に口を開いた。

「不愉快極まりないことがあったのですよ」

「弥四郎、よさぬか」

と、三郎が苦い表情でたしなめる。

「不愉快極まりないことがあったって、一幡はそんなふうに見えなかったけれど……」

帰ってきた時の息子の様子を思い浮かべ、若狭は首をかしげた。

「若君は事情がよく分かっておいでではないと思います」

と、三郎は少し言葉を濁して言う。しかし、若狭が促すと、くわしい事情を語り始めた。

「若君が参道を進まれる折、大きな声を放った巫女がいたのでございます。それだけでも無礼でございますが、その内容というのが聞き苦しいものでございまして」

三郎の言葉が途切れた隙に、弥四郎が黙っていられぬという様子で口を開く。

「女はこう申したのですよ。若君が家督を継ぐことはできぬ。そのことはもう決まっているのに、誰も気づかず平穏を貪っているのだ、と――」

「まことですか」

若狭は驚きの声を上げ、弥四郎から三郎に目を移して確かめた。

「はい。我々が通り過ぎた後ろに現れ、叫んでおりました。すぐに捕らえるべきところでございますが、前方ならともかく後方でしたし、かつ若君の参拝前に騒動は禁物と考え、その場は行き過ぎたのでございます」

　三郎の判断は決して間違ってはいない。万一にもその女が抵抗などし、血を流すような事態になれば、神域を汚すことになってしまっただろう。

　その際に振り返った二人が見たのは、年老いた巫女であったという。白の小袖に白の袴を着け、空を仰いで叫び立てるその姿は、ものに憑かれたふうにも見えたそうだ。

　しかし、その場は何ごともなかったように行列を進め、手順通り、参拝を終えた。

「その後、参道を引き返すより先に、従者を捕縛に向かわせました。されど、すでに姿は見えなくなっており、捕らえることができなかったのです」

　と、口惜しそうに三郎は言った。それを受け、今度は弥四郎が再び口を開く。

「兄上はひとまず、若君のお供をして八幡宮を後にし、私が残って神職や巫女たちに問いただしました。特に巫女は一人残らずその場に集めさせたのですが、例の不届き者はおらず、誰に訊いてもそんな巫女は知らぬと申すのです」

「では、その叫んだ巫女は八幡宮に属する者ではなかったということですね」

「まあ、そういうことになるでしょうね」

　と、不機嫌そうに弥四郎が言った。

「しかし、八幡宮の巫女でもない者があんな格好をしているのもおかしい。神職たちが申し合わせて隠しているか、さもなくば、我々が参拝している間に変装でもして逃げ出したか」

その時、若狭は弥四郎の思いつかなかったことを、頭に浮かべていた。巫女が人ではなかった場合である。その時は、一幡が家督を継げないという言葉が天の声になってしまうだろう。

（私が初めて鶴岡八幡宮へ参拝した時、貴人の妻になると予言したあの巫女。もし今日一幡の遭遇した巫女が、あの時の巫女であったなら――）

若狭が会ったあの巫女も、その後は二度と見かけなかった。そして、あの巫女は少なくとも、若狭の行く末だけは正しく予見した。だが、若狭が息子を産んだ場合、その子がどうなるのかは聞きそびれてしまったのだ。

そのことが今になって、重く心にのしかかる。

（いいえ、一幡が家督を継げないなどということがあるはずがない）

若狭は己に言い聞かせた。その時、ふと思いついたことがある。

今日の巫女が何者かの差し金ということはないだろうか。一幡が頼家の跡を継ぐのを不快に思っている何者かが、老女に金を与えて妄言を吐かせた、ということはあり得るだろう。

たとえば、一幡の異母弟たちを産んだ女とその一族による嫌がらせなど。さもなくば――。

——御所さまのお身内となられた御台さまに、誰が文句など申しましょうか。

かつて鶴岡八幡宮の前で聞いた北条時房の言葉がよみがえった。確証はないが、あの言葉が若狭を試してのものならば、時房は比企氏を警戒しているということになる。

若狭がまず、頼家の妾の一族のことを口にすると、「まさしくそれですよ、姉上」と弥四郎がすぐさま同意した。

「御所さまの妾が姉上を妬んでしたことに違いありません」

弥四郎はもうそれと決まったことのように言う。

「すぐに御所さまに申し上げて、誰のしわざかあぶり出していただきましょう」

「待ちなさい。御所さまに申し上げるなんて愚策です。私が他の方を陥れようとしているみたいではありませんか」

若狭は慌てて止めた。

「じゃあ、どうすればいいんです」

と、弥四郎は口を尖らせる。その時、三郎が口を開いた。

「確かに、女人の妬みということはあるかもしれません。ですが、万一にも事がばれれば、間違いなく御所さまの激怒を買い、我が家と姉上の恨みも買う。我が家より格上の出身ならばともかく、そんな女は御所さまのおそばにおりません。格下の女人がそんな真似をするとは、私には思えないのです」

三郎の言葉には一理あると、若狭も思った。ならば、北条氏の方はどうだろう。

「それは、ここだけの話ですが……」

と、三郎は声を潜めた後、

「決してないとは言えないでしょう」

と、慎重で回りくどい言い回しで答えた。

「分かりやすく、あると言えばいいでしょうに」

と、弥四郎が横からあきれた口ぶりで言う。

「三郎はそういう質なのよ」

子供の頃のような物言いに戻って、若狭は苦笑混じりに言った。だが、すぐに笑いを収めると、北条氏の中で誰が比企を警戒しているだろうかと続けて問うた。

「遠州さま（時政）や四郎殿（義時）は我が家を警戒なさっていると思います。ですが、今日のような嫌がらせをするとは思えません。といって、尼御台さまとも考えにくいですし」

「阿波局さまや五郎殿（時房）はどうでしょう」

若狭が問うと、

「そうですね。傍から見る限りですが、阿波局さまは尼御台さまよりも、その、思慮深くなさそうですから、今日のようなことを思いつくことは、ないとも限らない……か」

と、三郎は考え込む様子を見せた。

「でも、阿波局さまがご実家のために、あんな骨の折れることを計画しますかね」

と、弥四郎は疑わしそうだ。

その時、何かが引っかかったような気はしたが、別のことを考えていた若狭はそちらのことに集中した。

「私は阿波局さまより、五郎殿の方が怪しいと思うのだけれど……」

思い切ってその考えを口にすると、この時の弟たちは「それはありませんね」と声をそろえる。

「どうして、そう言い切れるのよ」

思わず、弟たちを問い詰めるような言い方になってしまったが、言い直してはいられなかった。

「あの方が父君や兄君のお力に頼っておられないからです。そもそも、北条氏の力はすべて遠州さまと四郎殿が行使なさって、五郎殿のところへは回ってこない。だから、あの方は父君や兄君ではなく、御所さまにご奉仕して、ご自分の力だけで出世しようとなさっています。御所さまにもそうおっしゃっておられますよ」

「そうそう。兄上も私も五郎殿とは肝胆相照らす仲なんです。五郎殿に限って、それはありませんね」

と、三郎に続けて弥四郎も言った。

そうだろうか。自分があの時、時房に感じた不安は気のせいに過ぎなかったのだろうか。確かに、弟たちの方が時房をよく知っており、自分は数年ぶりに会った一度きりの印象に過ぎないのだが……。

若狭が黙り込むと、今度は三郎が気遣うように口を開いた。

「私はやはり阿波局さまの方が気になります」

若狭は我に返り、三郎に目を向けた。

「あの方が北条氏のために働いたと考えると分かりにくくなりますが、千幡君と尼御台さまのために働いたとなればどうでしょうか」

その時、若狭は心の中で「あっ」と声を上げた。先ほど引っかかったように感じたのは、まさにこのことだった。一幡の家督相続を阻止したがっているのは、何も一幡の異母弟の外戚たちだけではない。むしろ、生母の出自がよい千幡の方が、一幡の対抗馬になり得るのである。

「それはつまり、阿波局さまが千幡君の家督相続を狙っているということですか」

「そこまで言っていいかどうかは分かりませんが、たとえば一幡君が家督を相続した暁には、千幡君の身が危うくなるとご心配なのかもしれません。千幡君を判官殿や蒲殿のようにしたくないとお考えになるのは、当たり前でしょうから」

三郎の言葉に、若狭は深くうなずいた。

育ての君に対する乳母の心情は、生母のそれと変わらない。いや、場合によっては、生母以上の絆《きずな》で結ばれることとてあるだろう。だから、阿波局が千幡の無事を願う気持ちは切実なはずだ。そして、義経や範頼の粛清を見てきた阿波局が、千幡の行く末に不安を抱き、一幡と比企氏を恐れたり憎んだりしたとしても不思議はないのである。

「阿波局さまのご夫君は、阿野全成さまよね。御所さまの叔父君に当たられる……」

そう呟きながら、若狭はこの時初めて、千幡を支える勢力の大きさを思い知った。生母である北条政子の背後に構える北条氏、そして、乳母である阿波局とその夫の阿野全成。これまで権勢からは遠ざかり、頼朝の粛清からも免れてきた阿野全成は、あの義経の同母の兄だ。

義経を殺された時、全成が頼朝をどう思ったかは計り知れず、僧侶の身であるがゆえに権力の蚊帳の外と思われていた全成が、その胸中に暗い野心を隠し持っているのかどうかもまた、想像が及ばない。

「今日のことはもちろん、御所さまや父上のお耳には入れますが、おそらく巫女を見つけ出すことは難しいでしょう。あれが誰かの企みだったとして、その者を見つけ出すのも至難の業です。ただ、姉上も阿波局さまにはお気をつけください。我らも全成殿には気をつけます」

と、最後に三郎は言った。

「念のためですが、北条五郎殿にも気をつけなさい。何といっても、阿波局さまの弟君なのですから」

若狭が付け加えると、抗弁しようとする弥四郎の口を、三郎が目で止めた。

「今はともかく、いざとなれば、あの方がご実家に付くことはあり得ます。用心いたしましょう」

三郎の言葉に、若狭は顔を引き締めてうなずき返した。気が弱く生真面目に過ぎると思っていた弟は、いつしか慎重で思慮深い男になっていたらしい。俵藤太の豪胆さは持たずとも、今の弟を若狭は頼もしいと思うことができた。

三

鶴岡八幡宮での巫女の不届きな発言については、その後も何が判明したというわけではなかったが、疑惑という波紋を少しずつ広げていくことになった。

正月の事件がもしも誰かの謀だったなら、あれは比企家への牽制《けんせい》と見てよいのだろう。一幡の家督相続が容易《たやす》くいくと思うな、一幡の家督相続に反対する者はいるのだぞ、という意思を示すものだ。

今、権力を握っている北条氏といえば、時政と政子の二人で、それを受け継ぐ形で控えているのが義時であった。一方、現在は権力にありつけていないが、一幡の家督相続には反対、というのが阿波局である。千幡の身の安全のためというのが大きな理由であろうが、もしかしたら千幡を鎌倉殿に、という野心を抱いているかもしれない。場合によっては、夫の阿野全成や息子たちに権力を握らせたいと目論んでいるかもしれない。阿野全成については、人となりを若狭は知らぬので、その内心まではうかがい知れなかった。

比企氏の側では、こうして全成と北条氏への懸念と警戒を強めていたし、頼家も一幡の家督相続を妨げる勢力があるなら許さぬ、という構えである。

「御所さまも用心なさいませ」

春も中頃の晩、比企ヶ谷の館へやって来た頼家に、若狭は注意を促した。

「言われるまでもなく、母上と阿波局には気を許していない」

と、頼家は酒を呷りながら言う。頼朝が亡くなってから、宿老たちに政の主導権を奪われた頃、頼家は連日酒と蹴鞠に明け暮れ、白拍子と遊んでいた。安達景盛の妾を奪ったのもその頃で、以後はあれほどの無謀はしなくなったものの、酒の量は減っていない。

「母上はあの時、私を捨てて安達に付かれたからな」

とも、頼家は言った。自分を諌《いさ》めるより先に安達家の館へ入り、抗戦の構えを見せた政子が、頼家の目にはそう映ったようだ。

「全成と阿波局の夫婦は千幡を利用し、己の野心を満たそうとしているのだ。あの二人の思い通りにさせるつもりはない」

頼家に言わせれば、母の政子もこの二人に操られているという。

「それでは、北条五郎殿にもお気をつけになった方がよいでしょう」

と、その折に言ってみたが、その忠告だけは一蹴されてしまった。

「あの者だけは疑うに及ばぬ」

「どうして、そうお思いになるのでございますか。あの方は阿波局さまの弟でいらっしゃいますのに」

歯がゆい思いで尋ねると、

「阿波局と全成の動きを知らせてくれたのが、五郎だからだ」

と、頼家はあっさり答えた。

「何ですって。もしや御所さまが北条五郎殿にさよう命じられたのですか」

驚いて問うと、そうではないと頼家は言う。時房が進んで力を貸してくれたそうだ。

「五郎の力添えがある限り、阿波局と全成に先を越されることはないゆえ、安心いたせ」

頼家はすっかり時房を信頼しており、その態度は弟の三郎や弥四郎とそっくりであった。

もしや時房は阿波局の動きを頼家に伝える一方で、阿波局にも頼家の動きを伝えていたりしないだろうか。そうやってどちらにもよい顔をしておき、最後に勝ちそうな側に味方する――そこまで悪辣な人ではないと思うのだが……。

「五郎のことで何か気にかかるのか」

頼家が疑わしそうな目を向けてきた。

「いえ……」

「そういえば、五郎はかつてそなたに懸想していたな」

思いついたことを言おうかどうしようか迷っていた矢先、頼家が思いもかけぬことを言い出した。これまで二人の間で話題に上ったこともなかったというのに、どうして今になって。

知らぬふりをするのも今さらのことなので、「ご存じだったのでございますか」と若狭はさりげなく応じた。

「当時、知らなかった者はおるまい」

「それにしても、遠い昔のことでございます。よく覚えておいででございましたね」

「忘れるはずがない。それと聞いて焦り、そなたを星の井へ連れ出したのだからな」

「さようでございましたか」

若狭はにっこり微笑んだ。

「遠い昔のことで忘れていたか」

「いいえ。そちらは昨日のことのように、よく覚えております」

頼家の眼差しに、当時と変わらぬまっすぐな優しさを見出《みいだ》すと、諜だの間諜だの、いっそすべてを擲《なげう》ってしまってもよい気持ちになる。私はただ、この人と子供たちが無事でさえいてくれれば、それでいい。そのひと時だけは本心からそう思い、若狭は時房への疑惑を追いやり、頼家に身を任せた。

結局、その晩はそれ以上、頼家に用心を促すことはせず、明け方に頼家は御所へ帰っていった。

その後も、頼家は時房からの知らせを頼りに、阿野全成と阿波局の動きを探っていたようだが、夏になった頃から体調を崩すようになった。

比企ヶ谷の館へ足を運ぶこともまれになったが、五月の初め、久しぶりに現れた頼家は顔色が優れぬように見えた。

「まだお加減がよろしくないのではありませんか」

春の頃とは面差しも変わってしまっており、頰の肉が落ちて骨が目立つ。

頼家が寝ついた時、若狭は何度か御所へ見舞いに行ったものだが、病牀にあった時よりやつれて見えるのはどういうわけだろう。無理をして足を運んでくれたのではないかと思うと、ふと胸が詰まった。

横になるよう勧めようとした矢先、頼家は若狭の手を取るなり、

「鵺を見た」

と、唐突に言い出した。

「鵺とは、いったい何の――」

鵺の話を頼家から聞くのは二度目である。河越尼と呼ばれた朝子が頼家に、鵺に襲われぬよう注意したというのだが、その正体が何なのかは、頼家もはっきり聞いていないようであった。

朝子は、頼家に義経や範頼の轍《てつ》を踏ませぬため、用心を促したのだろう。まだ幼い頼家にもその恐ろしさが伝わるよう、鵺という恐ろしい物の怪の名を出したのか。それとも、鵺というつかみどころのないものにたとえて、敵の正体を見抜くことの難しさを伝えたものか。

「鵺は阿野全成に取り憑いている」

頼家は揺るぎない口ぶりで言う。

一瞬、正気を失ったのではないかと、若狭は恐ろしくなった。だが、恐るおそるのぞき込んだ頼家の目の中に、狂乱の気配はない。

「あの者は千幡を鎌倉殿として、自らが力を振るうつもりだ」

頼家の言葉は明晰《めいせき》だった。全成がそのために謀をめぐらせることは十分にあり得るだろう。

「私は阿野全成を討つ」

その決断は最後には選ばなければならぬものだとしても、さすがに若狭の心に重くのしかかってきた。

「ですが、あの方は御所さまの叔父君でございます。北条の叔母君、阿波局さまのご夫君でもいらっしゃいます」

分かり切っていることだが、今一度、念を押さずにはいられなかった。どれほど敵対したとしても、二人は頼家と深く血がつながっている。

「討たれる前に討たねば、私が斃《たお》される。一幡が殺されるのだぞ」

頼家は畳みかけるように告げた。

そう、それも十分に予測し得ることであった。だが、まだ全成は手を血に染めたわけではない。頼家にも一幡にも手をかけたわけではない。

相手がそうするかもしれぬという恐怖だけで粛清するのは、頼朝が義経と河越氏、範頼に対して行ったのとまったく同じであった。平家一門の幼い男子を狩り出し、見つけ次第殺していったのも同じだ。

今、頼家は亡き父親と同じことをしようとしている。

(私はご先代のそういうやり方を、ずっと疎ましく思ってきた)

若狭は頼家に見据えられたまま、目を閉じた。どう答えなければならないかは分かっていた。

だが、それをするには、若狭にも相応の覚悟が必要だった。

全成が千幡を鎌倉殿と為《な》すため、北条家と手を組んで、頼家と一幡の排除に動いたのはおそらく事実であろう。頼家はそれを例の時房から聞いて知ったのだろうか。いや、それはもうどうでもいい。

鵺は確かに阿野全成に取り憑き、全成をそそのかしたのだ。千幡と自身以外の源氏の血を呪え、と――。

しかし、それは頼家も同じである。

(御所さまも鵺に憑かれてしまわれた)

だから、自分と息子以外の源氏の血を呪い、恐れる。それが弟であろうと叔父であろうと――。

だが、今、頼家を止めれば、殺されるのは頼家となる。そして、一幡も間違いなく殺される。

(ならば、私は鵺の妻になるしかない)

若狭は目を開けた。頼家の眼差しは、先ほどと少しも変わらず、まっすぐ若狭へと据えられている。

「分かりました。阿野全成を討ってくださいませ」

若狭は淡々と告げた。

「やるからには、決して失敗などなさいませぬよう。尼御台さまにも北条家の方々にも感づかれてはなりませぬ」

「うむ」

「そして、この計画だけは北条五郎殿にも悟られませぬよう。仮に五郎殿が阿野全成の動きを教えてくれたのだとしても、実の姉君の悲しみを見過ごせるとは思えませぬ。五郎殿が御所さまのお味方をすることは、姉君を裏切ることであり、それは五郎殿にとってもお気の毒でございます」

この若狭の言葉には、「確かにその通りだ」と頼家はうなずいた。

「比企殿についてはいかがしようか」

と、続けて頼家は尋ねた。

「父は何があろうとも御所さまにお味方いたします。ただし」

若狭はいったん口を閉ざし、頼家の手を握り返した。

「父は謀をめぐらせられる人ではありません。ですから、計略が調ってから打ち明けてくださいませ。それまでは三郎を中心に、御所さまの側近だけで事を進められるのがよろしいかと」

「分かった。すべてそなたの言う通りにいたそう」

頼家は一つ瞬《まばた》きした後、おもむろに告げた。

千幡の乳母夫《めのと》である阿野全成が謀反の疑いにより、突然捕縛されたのは五月十九日のことである。

阿波局は千幡と共に、北条政子のもとにおり、夫と共にはいなかった。頼家は政子に対し、阿波局を引き渡すよう要求したが、政子はそれを撥《は》ね付け、阿波局を守り続けた。

全成は数日後、常陸国《ひたちのくに》へ流罪に処された。相手が動き出す前の攻めの一手がすべてを決めた形である。

そして、流された全成がそのまま放置されるわけでないことを、若狭は知っている。義経は逃亡した先の奥州で攻められて死に、範頼は幽閉された伊豆の寺で謀殺された。全成にもやがて刺客が送られるだろう。場合によっては、別の場所にいる全成の息子にも。

比企ヶ谷の館にいる若狭のもとへ、ひそやかに目立たぬ女がやって来たのは、六月に入って間もなくのことである。その女は津留に一通の書状を託し、去っていったという。

若狭自身は会っていないが、津留は「御所で見知った人でしたので、断り切れず」と申し訳なさそうに告げた。

「阿波局さまに仕えている人でした」

と、津留はうつむいたまま告げた。

「そのう、阿波局さまの今のお立場は、私も存じております。お立場上、御覧になるわけにいかぬというなら、これはこのまま私が焼き捨ててしまいます。これを置いていった者もそれを覚悟の上でございましょうから」

「いえ、書状は預かります。ですが、私がこれを受け取ったことは、津留もすぐに忘れてください」

若狭がそう言って手を出すと、「かしこまりました」と津留は若狭の目を見ぬまま答え、書状を渡した。

津留が下がっていったのを見届け、書状を開く。阿波局からの書状に何が書かれているかは、おおよそ想像がついた。我にもなく、紙を持つ手が震えた。

――どうか、我が夫と息子の命を助けてくださるよう、御所さまにお執り成ししてください。命さえ助けてくださるのなら、私どもは鎌倉を去り、二度とこの地を踏みませぬ。

切実な訴えが綴《つづ》られていた。同じ内容を、言葉を変えて、くり返し訴えている。中身はただ命乞いに尽きるのに、書状そのものが長いのはそのせいだった。

目をそらさずに読み続けた。途中、筆の跡が乱れ、涙のにじんだ跡もある。

最後までそれを読み切った後、若狭は書状を畳んだ。頼家に見せるつもりはない。告げるつもりもない。

だが、焼き捨てることはできなかった。

若狭は立ち上がって、棚から鏡筥を取り出すと、その底に書状をしまった。そこには、かつて頼家から贈られた文もある。

私は鬼だ――と、若狭は思った。

自分の子を守るため、他人の子を見捨てることができる鬼。いや、他人の子を喰らう鬼子母神だ。鬼子母神は改心して、子を喰らうのをやめ、仏の弟子となったが、自分にそんな救いはない。

永久《とこしえ》にこの闇と向き合って生きていく。もうその道しか許されていないのだった。

八章　鎌倉の星月夜

一

六月二十三日、阿野全成が配所で殺され、全成の息子も同日に殺された。阿波局は引き続き北条政子のもとに匿《かくま》われており、千幡も一緒である。

北条時政や義時はこの一件で処分を受けてはいなかったが、全成の岳父である北条時政がその謀を与《あずか》り知らぬということはない。表向きの処罰がされていない時政を頼家がどうするか、またそれに対して北条一族がどう動くか、鎌倉の緊張は高まっていた。

ところが、七月の半ば過ぎ、頼家は北条家に対して何ら手を打たぬまま、病に倒れた。

（これまでのご心労が祟ったのだ）

頼家が抱えていた重荷を思うと、若狭は胸が苦しくなる。

少しでも長く、そばで看病したいと思い、御所への見舞いを申し出たのだが、この時は許しが下りなかった。そればかりでなく、乳母である凪子をはじめ、能員や三郎や弥四郎も頼家から遠ざけられてしまった。

頼家の命令ということはあるまい。

（これはおそらく、尼御台さまのご意向なのだ）

と、若狭は考えた。

とはいえ、頼家の意向に政子のそれが優先されるはずはないので、頼家は自らの意思を伝えることができないほどの重症なのか、と悪い想像が働く。

それとも、まさか。

ふと頭の中に浮かんだもっと恐ろしい予感に、若狭は心を震わせた。

頼家の病そのものが仕組まれたものということは、あり得ないだろうか。

頼家は阿野全成を討った時から、北条家の敵となった。このままでは、時政追討の命を下す恐れもある。

頼家が「討たれる前に討つ」と心を決めたように、北条時政も考えたとしたら――。

その父と実家を守るため、政子が我が子を切り捨てる覚悟を決めたとしたら――。

北条時政が頼家に毒を盛ることは難しかろうが、政子ならば難しくない。

いや、いくら何でも我が子に毒を盛る母親がいるはずがない――と思うそばから、我が子のために鬼子母神になる母親はいる、という声が聞こえた。

政子は頼家一人の母親ではない。千幡の母親でもあるのだ。

千幡の乳母夫である阿野全成が頼家に殺された時、政子は頼家と千幡の二人を共に生かすのは無理だと悟ったのではないか。そして、千幡を守るため、その他の子を喰らう鬼となったのではないか。

それならば、分からなくはない。だが、分かるということは、常に頼家の身を案じて、脅えねばならぬということでもあった。

頼家は無事でいるのか。よもや、政子や阿波局の毒牙にかかってはいまいか。

不安と焦燥で日を送るうち、ようやく若狭が御所を訪ねる許しが下りた。

頼家が政子たちにどうにかされたというのは、妄想に過ぎなかったのだ。頼家が少なくとも自分に会えるほどの力を取り戻したことに安堵しつつ、若狭は秋の半ば過ぎ、御所へと向かった。

「すぐそこのこととはいえ、道中、何があるか分からぬゆえ」

と、父の能員が警護の侍たちを十分すぎるほど取りそろえ、供につけてくれた。

いささか物々しい行列を仕立てて、若狭は比企ヶ谷から御所へと向かった。

いつもよりずっとひっそり静まっている御所の廊下を伝い、若狭は頼家の病牀へと案内された。

頼家は横たわったままである。案内役の女房が下がり、二人きりになると、

「御所さま……」

若狭は頼家の枕もとに膝を進め、声を詰まらせた。

どうしよう。こんな時に泣いてはならぬと思うのに、涙が止まらない。

自分はこんなに弱い女だったろうか。いつだって、子供の頃からずっと、頼家よりも三郎よりも弥四郎よりも、気性が勝っているのは自分と思ってきたはずなのに——。

「何を泣く」

頼家は優しく訊いた。

「だって、御所さまが……」

こんなにおやつれになってしまわれて——と言いかけた言葉を、若狭は慌てて呑み込んだ。

「何度、お見舞いを申し入れても、お許しが出なかったのですもの。私は心配で……」

「そうか。私もずっと朦朧《もうろう》としていたからな」

今も起き上がるのがつらいのだ、と頼家は呟いた。

「一幡と小姫は連れてこなかったのだな」

頼家が少し寂しげな目の色になって言う。

「はい。一幡は父上に会いたいと申しましたが、いろいろと難しい時でもございますから」

まさか、誰かが聞き耳を立てているとも思わないが、若狭は声を潜め、あいまいな言い方にとどめた。

「うむ。それでいい」

と、頼家は未練を振り払うように言った。

「二人とも息災であろうな」

「はい。健やかでおります。一幡は弓矢に打ち込んでおりますの。御所さまが十二歳の折、鹿を仕留めたという話を誰かが聞かせたらしく、父上のようになるのだと張り切っておりますわ」

若狭の言葉に、頼家はかすかに微笑んだ。それがまるではかなげな姫君のように見えて、若狭はどきっとした。初めて会った日のことが唐突に思い出される。あの時、俵藤太の物真似ごっこで、大蛇の化けた女の役を頼家にやらせたのだった。

そのことと、今の頼家の様子とは何の関わりもない。それなのに、自分がかつてとんでもない過ちを犯したような気がしてならず、若狭はおののいた。

「そこの櫃《ひつ》を開けてみよ」

頼家は枕もとを示して告げた。

言われた通り蓋を開けると、小刀が収められていた。

「これは……」

若狭も知る品であった。頼家が父の頼朝より譲られたという守り刀。そう、初めて会ったあの日、頼家が若狭に触らせてくれた刀であった。

「一幡に渡してやってほしい」

「ですが、御所さまから直にお渡しくださった方が……」

「そうしたいが、今はままならぬ。治ってからとも思ったが、こうしてそばにいてやれぬ今こそ、この刀を持っていてほしいと思ってな」

父親として我が子を思いやる情が胸に沁みた。

「かしこまりました。父上が身に添うてくださるようだと、さぞかし喜ぶことでございましょう」

若狭は守り刀を捧げ持つようにして受け取った。

「私は必ず治ってみせるぞ」

頼家は力を振りしぼるようにして言う。痛ましくてならぬその姿から、目をそらすまいと己を励まし、

「はい。もちろんでございますとも」

と、若狭は大きくうなずいた。

「一幡に弓矢の手ほどきをしてやらねばならぬ」

「はい、ぜひにも」

「元服したら巻狩りに連れていってやらねばな。どこがよいか」

「やはり、富士でございましょう」

「そうだな。もし一幡が……獲物を仕留めたら、そなたのもとへ使いを送る。それが大

きな獲物でなくとも、褒めてやってくれ」

「分かっております。親の贔屓目《ひいきめ》と言われようと、言葉を尽くして褒め称《たた》えますとも」

「……それならば、よい」

頼家が力尽きたように目を閉じるのを、若狭はじっと見つめていた。

「ずっと気にしておられたのですか。巻狩りの折、尼御台さまがお褒めくださらなかったことを――」

頼家からの返事はなかった。

若狭はそれからしばらくの間、頼家のそばに付き添っていたが、やがて、「また参ります」と静かに告げ、病牀を後にした。

その気配を察したのか、どこからともなく案内役の女房が現れ、若狭の先に立つ。御所の中は相変わらずひっそりとしていたが、先ほどとは違う通路を行くようであった。

「どこへ行くのですか」

嫌な予感を覚えて足を止めると、女房はただ少し遠回りをするだけだと言った。もしや政子が自分を呼んでいるのかと思ったが、そういうことでもないという。ならば、遠回りする必要などない、道順は分かっているから案内はけっこうと断りかけたのだが、
その時、別の女房がすっと若狭の後ろに立った。

前後を挟み込み、強引にどこかへ連れていこうとするようだ。

ここで大声を出せば、頼家が目覚めてくれるかもしれない。もちろん、頼家は御所の女房が若狭に無礼を働くのを許しはしないだろう。

だが、それは、あれほど弱っていた頼家にさらなる心労をかけることであり、若狭にとっては自分が痛めつけられるよりつらいことであった。

「分かりました。参りましょう」

若狭は二人の女房たちを睨み据えて言った。女たちは何も言わず、若狭の前後を挟んだまま歩き出した。

この者たちの思惑が何であれ、自分は決して弱音を吐いたりするものか。そう思って進むうち、庭に面した場所に出た。

そこに人影があった。それは若狭にとって思いがけぬ人物であった。

千幡と阿波局がひっそりと支え合うように立っている。

何も不思議なことではない。千幡は政子のもとに暮らしており、阿波局は千幡の乳母として仕えているのだ。

虚《うつ》ろな表情をして立つ阿波局に、かつてのおしゃべり好きな女の愛想のよさは見られなかった。阿波局の目は若狭の方に向けられていたし、若狭をこの場所へいざなうよう命じたのは阿波局だと思われるのに、その様子に変化は見られない。

挨拶の言葉も吐かねば、身じろぎをするでもなく、ただ阿波局は魂を失くしたようにそこに立っていた。そして、千幡の目も若狭に向けられていた。

――私の乳母夫を殺したのは、あなたの一族ですか。

――どうしてです。

――なぜ乳母夫殿は死ななければならなかったのですか。

千幡の口が動いたわけではない。また、若狭を見つめるその眼差しに、憎しみの色があったというわけでもない。

だが、かつての頼家によく似た上品な少年から、何もかもを見通すような目で見つめられた時、若狭は初めて恐ろしいと思った。

二

「お帰りの際はお気をつけあそばせ」

と、案内役の女房は最後に言った。

「町の中では、不埒《ふらち》な妄言を吐いて民を惑わせる者がいるそうです。お見かけになったら、何も聞かずに通り過ぎられることですよ」

「不埒な妄言とはどのようなことです」

若狭が訊くと、女房は意味ありげに目だけで笑い、口もとを扇で隠して告げた。

「鎌倉にはまだ血が足りぬ、と――」

「怨霊とは……」

「怨霊どもを鎮めるにはまだ血がいると申すのです」

「血が足りぬ――？」

「それは、平家一門であるとか、ご先代の……ご舎弟の方々ですとか」

名を挙げずともお分かりでしょう、というふうに目で伝え、女房は引き返していった。

頼朝の弟で怨霊になったとすれば、非業の死を遂げた義経に範頼、今はこれに阿野全成が加わったことだろう。この兄弟が鎌倉に祟るのは少しも不思議なことではない。

落馬して病臥した上、そのまま死去という不可解な頼朝の死が、義経と範頼に祟られたものだとすれば、頼家の病臥は全成に祟られたものとなる。

あの女房は、阿波局と千幡の姿を見せ、妄言を吐く民の噂を聞かせた。若狭を動揺させ、負い目を抱かせるのが目的か。だとしても、あの女房の考えでしたこととは思えない。

（ご様子からして、阿波局さまが命じたようには思えなかった。ならば、尼御台さまか、北条家の方々か）

頼家は、討たれる前に自分が討つといって、阿野全成を始末した。自分はそれに賛同し、阿波局の命乞いの書状を握りつぶした。

共にその罪を背負ったつもりだったが、頼家はこのことで心身共に深く傷ついてしまった。そして、若狭自身もまた、自分で思う以上に――。

「若狭さま」

帰り道、付き添っていた津留が「大事ございませんか」と気がかりそうに尋ねてきた。御所から出てくるなりずっと無言で物思いに沈んでいれば、津留が心配するのは無理もない。大丈夫ですと答えようとしたその時、ふと前方に人だかりができているのに気がついた。

激しく罵るような声が聞こえる。はっきりと聞き取れたわけではない。だが、「怨霊」とか「血」とかいう声を聞いた気がした。「阿野法師」とかいう声も――。

――鎌倉にはまだ血が足りぬ。

――怨霊どもを鎮めるにはまだ血がいる。

若狭は思わず耳をふさいだ。

「あの者たちを立ち退かせなさい」

津留が供をする侍たちに命じた。

――先ごろ死んだ阿野法師殿も悪霊となって、鎌倉へ舞い戻ってきておる。判官殿や蒲殿と兄弟そろって鎌倉に祟るそうな。

耳をふさいでいるというのに、嫌な声が頭に響き渡る。目の前では、比企家の侍たちが集まっていた民を追い散らしているのが見えた。その者たちの目が自分に注がれる。

ああ、阿波局や千幡と同じ目をしている。

源氏の血は呪われているのだ。親子兄弟でその血を喰らい尽くさねば収まらぬ、忌まわしい呪いに――。それは生贄《いけにえ》を得る度に膨れ上がり、恐ろしい鵺となって現れた。鵺は新たな血を餌として成長し、今もさらなる餌食を求めているのだ。

次の餌食は頼家なのか、それとも一幡なのか。この先、自分たちは一生こうして、脅えながら暮らしていかねばならないのだろうか。

だとすれば、何という苦痛であろう。全成を倒すことと引き換えに、とんでもないものを背負い込んでしまった――と思った時、道のやや前方に何かが落ちた。

胡桃《くるみ》くらいの大きさの、灰色っぽい何か。赤黒い色も混じっているようだ。若狭は手を耳から離し、傍らの津留と顔を見合わせた。首をかしげながら少し歩を進め、二人で足もとのそれを注視する。

「ひいっ」

驚愕と恐怖の声を先に放ったのは、津留であった。一瞬遅れて、若狭はそれが何か気づいた。

「御覧になってはなりませぬ」

津留が若狭の腕を引き、若狭の前に立ちはだかった。だが、一度見てしまったものは脳裡から離れない。

鳩の首であった。生々しい血の跡も見えるそれが、唐突に目の前に落ちてきたのである。

津留の声に気づいて、警護の侍たちが騒ぎ始めた。

「若狭さまはお先にお館へお戻りください」

侍たちは二手に分かれ、一部の者が若狭を警護して先に比企ヶ谷へ向かい、残った者でこの場の後始末をするという。

一刻も早くその場から離れたくて、若狭は警護の者の言うままになった。

あれは、いったい、どこから飛んできたのか。人が投げつけてきたものならば、警護の侍たちが気づいたはずだ。人の仕業でないとすれば、天が自分に下した罰か。

いや、あれこそ鵺の仕業であろう。鵺が姿を隠し、鳩を食ってその残骸を自分の前に捨てたのだ。

その瞬間、ヒョーッという不気味な鳴き声を聞いた気がして、若狭ははっと顔を上げた。

「今、何か声がしませんでしたか」

若狭は足を止めて津留に尋ねた。

「声というと、どのような？」

「鳥の鳴き声よ。調子の外れた笛のような、不気味な——」

若狭が言うと、津留は痛ましそうな目をして「若狭さま」となだめるように言った。

「私には、何も聞こえませぬが」

津留は若狭の背に手をかけると、静かにさすってくれた。まだ子供の頃、両親と弟たちが先に鎌倉へ行ってしまい、比企郡の館に取り残されていた早苗に、いつもそうしてくれたように——。

津留の目に、今の自分はその頃の少女のように見えるのだろうか。

そう思うと、恥ずかしさも悔しさもすべて擲ち、津留に抱きついて泣き出したくなる。

その気持ちをさすがに敏感に察したのか、

「帰りましょう、姫さま」

と、若狭にしか聞こえぬ小さな声で、乳母は優しく促してくれた。

比企ヶ谷の館へ到着後、若狭はまず能員と凪子に、頼家の様子や帰路での出来事を伝えた。帰路の話だけでも心配させるのに十分なので、阿波局と千幡のことはあえて話さなかった。

「一幡はどうしておりますか」

気分を変えて尋ねると、三郎と弥四郎が庭で相手をしているという。

弟たちはここ数年、四六時中頼家のそばにいるという生活を続けていたが、近頃は御所へ入れてもらえないので、ずっと館にいる。一幡は弓矢を教えてくれる相手ができて、喜んでいるという話だった。

「そうですか。では、私もそちらへ」

若狭は立ち上がった。ひどく疲れてはいたが、やはり頼家から託された守り刀だけは後回しにせず、息子に渡してやりたい。

「それが済んだら、少しお休みなさい」

と、凪子が気遣わしげに言った。

若狭と一幡は館の北側の一角で暮らしており、そこにも小さな庭はあるが、弓矢の稽古をする時は母屋の南側を使っているはずだ。そう思って南側の庭へ行くと、建物から少し離れた小山のてっぺんに三人の姿が見えた。

弓矢の稽古は休憩中のようだ。ちょうどよいと思い、若狭もそちらへ進んだ。

「姉上ー」

弥四郎が最初に気づいて、腕を振っている。

頼家が病牀に臥し、そのそばから遠ざけられているというのに、この弟は底抜けに明るい。今の苦境を理解しているのかと言いたくなるが、その一方で、弟の明るさに救われたような心地を覚えるのも事実であった。

季節は秋の半ば、風はほどよい冷たさで空は高い。小さな築山に上ると、鬱々としていた気持ちがわずかなりと晴れていくようであった。

「何をしていたのですか」

「弓矢の鍛錬もずいぶんなさったので、少し休んでいたのですよ」

と、弥四郎が真っ先に答えた。

「私はもっとできるのに」

と、一幡が口を尖らせて言う。

「いいえ。やりすぎもお体によくありません。特に、若君のお年の頃は無理をしてはいけないのです」

三郎が相変わらずの生真面目さで一幡を諭し、

「そうそう。過ぎたるは及ばざるがごとし、って言うんですよ」

と、弥四郎が調子よく続けた。

「母上は父上にお会いしてきたのですよね」

一幡が待ちかねた様子で尋ねた。

「ええ。そなたたちのことを気にかけておいででした」

「父上のお加減はいかがでしたか」

「今はまだ治ってはおられませんが、必ず治るとおっしゃっていましたよ」

「そうですか」

一幡は安心した様子で笑顔を見せた。

「父上にお会いする時までには、もっと弓が上手になっているんだ」

と、決意を新たにしたようである。まっすぐな命の輝きを見たような気がした。

「そうそう。元服したら、富士の巻狩りに連れていってくださるそうです」

頼家から託されたものだと告げて、守り刀を一幡に渡すと、

「父上が私にくださったのですか」

一幡は目を輝かせて大喜びした。

「あ、それは御所さまがお父君から頂戴したという刀ですね」

弥四郎が目ざとく言った。

「そうなのですか」

一幡が弥四郎に目を向けて問う。

「はい。姉上が御所さまから取り上げて、蜈蚣切に見立てた刀ですから、見間違えようがありません」

弥四郎が調子に乗って言った。

「取り上げた？」

一幡がよく理解できないという表情で、若狭に目を向けてくる。

「人聞きの悪いことを言わないでちょうだい。私は御所さまから取り上げてなどいませ

んよ。御所さまが貸してくださったのです」

「そうだったんですか。父上はお優しいですものね」

一幡は満足そうに言った。

その後、一幡から訊かれるまま、若狭たちは頼家を交えて、俵藤太の物真似ごっこをした時のことを語った。俵藤太の逸話については、一幡もこの館で誰彼からとなく聞かされていたが、物真似の話は初めて聞いたらしく、目を輝かせている。

「私もそれをやってみたい」

と、言い出したが、その途端、少しの間忘れていた疲労が若狭を襲った。

「少し疲れてしまったから、私は休んできます」

若狭が言うと、「少し顔色が悪いようですから、ゆっくりお休みください」と三郎が気遣ってくれる。

一幡は神妙な顔つきになり、「母上はお加減が悪いのですか」と尋ねてきた。父親のように倒れるのではないかと心配になってしまったようだ。

「私は平気ですよ」

と、笑みを向けて答えたものの、一足先に小山を下りていこうという時になって、急に侘《わび》しさと寂しさが迫ってきた。

「父上とそなたたちだけが頼りです」

若狭は背を向けたまま、二人の弟たちに言った。こんなふうに弟を頼ったことはこれまでにない。だが、今は言わずにいられなかった。

「御所さまと一幡を守ってください」

二人の弟たちは驚きに息を呑んでいるようであった。わずかな沈黙の後、

「お任せください、姉上」

と、三郎が静かに言った。続けて、慌てふためいた様子で弥四郎が口を開いた。

「わ、私も姉上のお言葉の通りに……。あ、いや、言われなくたって、御所さまと若君はお守りいたしますよ」

決まっているじゃありませんか——と、弥四郎は照れくささを隠すように言った。

三

その後も、頼家の容態はよくなる気配を見せず、八月の末には意識を失う重体となり、家督相続のことが取り沙汰されるありさまだった。

この時は取りあえず持ち直し、意識も戻ったのだが、頼家の容態を睨んで、一幡を擁する比企氏と千幡を擁する北条氏の対立は深まっている。一幡と千幡で国土を分割して統治するなどの案も出て、後継者問題は迷走を続けていた。

間もなく、暦が九月に変わった。

事態に変化の兆しが見えたのは、この二日のことである。

比企ヶ谷の館へ北条家からの使いが訪れたのだ。和解を匂わせつつ、名目は名越《なごえ》にある北条時政の館において仏事の相談をしたいという申し入れであった。

謀でない、と言い切る根拠はどこにもない。しかし、一度差し伸べられた北条からの手を拒めば、この先にあるのは合戦だった。

頼家の意識が戻った際に、北条討伐の命令を下してもらい、比企が挙兵するか。頼家の意識が戻らぬ間に、北条氏が兵を動かして比企氏を討つか。

「わしは遠州（時政）の館へ行く」

と、北条家の使者を帰した後、能員は凪子と若狭を呼んで告げた。

行かねば、何も変わらない。このままでよいはずがなく、北条の側から先に動いたのであれば、それに応じないのは武士として卑劣であろう。

比企家の――俵藤太の子孫をもって任じる武士として、そんなありさまを三郎や弥四郎、何より一幡に見せるわけにはいかぬと、能員は言った。

「ですが、何が起きるか、分からぬ時でございますのに」

凪子は心配そうに言うが、

「臆することは武蔵武士の恥であろう」

と、能員は言った。危ないことは承知の上で、それでもこの事態をまとめることこそ自分の役目と心を決めたようであった。

「せめて太刀はお持ちになってください」

凪子と若狭で口々に言っても、能員は仏事の相談で行くのに、武装していけば、相手の警戒心を煽るだけだと言い、それを拒んだ。

「わしが留守の間は、三郎と弥四郎を頼れ」

と、能員は言い、さらに他の息子たちや家の子、郎党たちをも館へ呼び寄せる手配をした。それが終わると、数人の供だけを連れ、常と変わらぬ様子で館を出ていった。

「これを、爺《じじ》さまに渡してください」

と、一幡が駆け寄ってきたのは、皆で能員を見送った直後のことである。

「それは、御所さまより頂戴した守り刀ではありませんか」

「そうです。でも、爺さまは刀がないのでしょう、だから、今日だけはこれを持っていっていただきたいのです」

懸命に言う一幡の様子に、強く訴えかけてくるものがあった。予感のようなものとも思える。それがよい予感なのか、悪い予感なのかも分からない。だが、天が一幡の口を借りて告げたような気がした。

「分かりました。私がお渡ししてきましょう」

若狭は一幡から守り刀を受け取り、急いで父の後を追いかけた。

「父上」

館の前の石段を下りかけたところへ、追いつくことができた。守り刀を見た父は刀剣の類を持っていくことはできぬと、渋い顔をしたのだが、一幡の懸命の願いだと言うと、最後には持っていくことを承知した。

早く戻って一幡と小姫のそばにいてやれと言い、去っていこうとする父に、

「私や母上を、河越の叔母さまのようにしないでください」

と、若狭は思わず言っていた。父は驚いた表情を浮かべたが、

「わしは河越殿のようにはならぬ」

と、優しく重々しい口ぶりで告げた。

子供の頃の自分は、夫と子供たちを亡くした叔母を見て、たいそう気の毒な人だと思っていた。だが、本当にその胸中のつらさを分かっていただろうか。分かったのはたった今のことではないのか。

こうして父を危うい場所へ送り出し、最悪の事態を思い浮かべてはじめて実感できる。足もとが不意に崩れ落ちそうな不安、この世のすべてが自分に牙を剝くのではないかという恐怖。

その時、父の眼差しの中に、何かを言わんとするような気配があることを、若狭は察した。息を詰めて待ったが、やがて父の口から漏れたのは、

「では、行ってまいる」

という言葉だけであった。父は何を言おうとしたのだろう。だが、背を向けて、再び石段を下り始めた父を、これ以上引き止めることはできない。若狭は黙って、去り行く父の背を見送った。

比企ヶ谷の館では、父と母がふだん過ごしている母屋の居室に、皆が集まって能員の帰りを待ち受けた。若狭は一幡と小姫とそれぞれの乳母、それに津留と一緒にいる。母の凪子もおり、三郎と弥四郎は館を守る郎党たちの様子を見に、出たり入ったりしていた。

念のため、郎党たちには武装させ、警固を強化しているという。

落ち着かない大人たちの様子は、二歳の小姫にも伝わってしまうようで、何度か泣き出しては乳母を困らせていた。

誰も必要のないおしゃべりはせず、緊迫した中で、時がいつもよりゆっくりと流れていく。

能員を待ち受ける館の重苦しい静寂が破られたのは、能員が出かけて一刻（約二時間）が経つか経たぬ頃であった。

「殿が討たれましてございますっ！」

郎党の絶叫が響き渡り、若狭たちのいる居室を震わせる。

「何ですって」

若狭と瓜子は同時に声を放ち、立ち上がっていた。

それからは、大混乱に包まれた。怒号が交錯し、誰のものか分からぬ悲鳴のような声が響く。それに、癇癪《かんしゃく》を起こしたような泣き声が混じる。

だが、そうした騒々しさの中、若狭は別の声を聞いていた。

ヒョオーッ、ヒョオー。

鵺が鳴いている。父上は鵺に喰われてしまったのだと思った。

「若狭さま、しっかりなすってください。姫さまっ！」

はっと気づくと、津留に揺さぶられていた。津留は泣いていた。泣きながら若狭を叱っていた。

津留の涙を見るのなど、初めてのことであった。

自分は今、いったい何を口走ったのだろう。それとも、泣くか喚くか、正気でないような言動を見せてしまったのだろうか。

「若狭さま、よろしゅうございますか。お父君は北条に謀《たばか》られましてございます。名越の館で仏事の相談とは、お父君を騙し討ちにするための策謀。まことに無念でございますが、お父君は討たれておしまいになりました。お悲しみもお憎しみもありましょうが、今はこれからのことだけをお考えください。若君と小姫さまをお守りすることだけを――」

津留の言葉が頭に沁み込んでいく。

聞きたくも信じたくもない話だが、今はひどく冷静に聞くことができた。北条の館へ入った能員は、太刀を持たなかったのが災いし、中へ入るや否や、両脇から腕を押さえつけられ、そのまま竹藪《たけやぶ》に引きずり倒され、謀殺されたという。

能員が連れていった郎党たちも、門内で斬り殺された模様であった。

「姉上」

若狭が冷静さを取り戻したのを見計らってか、三郎が目の前に来て膝をついた。いつの間にやら鎧姿になっている。

「ここに、兵が向かっているそうです。我ら兄弟が比企ヶ谷を死守いたします。しかし、姉上は今のうちにお逃げください」

「兵が来るって、北条の兵ですか」

「北条四郎殿が率いているようです。五郎殿もその中に交じっていると、見張りから戻ってきた者が申しておりました」

三郎はつらそうに告げた。

ああ、あの北条時房はやはり実家に付いたのだなと、若狭は思った。

よくも御所さまを騙し、弟たちを欺いてくれたと、猛々《たけだけ》しいほどの怒りが湧いてくる。

だが、頭の中の冷静な部分は、それに流されることを許してくれなかった。

「兵は北条だけではありません。北条四郎殿の呼びかけに応じて、攻め手に加わった御家人たちも多数いる模様。おそらくは、尼御台さまの口利きもあるのでしょう」

それを阻止できないということは、頼家は今なお病牀で、意識のない状態なのかもしれない。頼家が目覚めれば、北条の動きを止めてくれる。頼家の命令があれば、御家人たちが北条に付くのを阻止できるだろう。だが、頼家が目覚めぬ限り――。

「とにかく、若君を連れてお逃げください」

三郎はもう一度言った。その言葉はすでにこの館に立てこもって戦うことに、勝機はないと見定めているからだろう。

それでも、三郎はここを捨てて逃げ出すことはしない。そう、俵藤太の血を引く武将であれば、見苦しい逃げ方などしてはならぬ。

「若狭」

いつしか母がそばへ来て、手を取ってくれた。それで分かった。母は自分と一緒に逃げるつもりはない。この館に残るつもりなのだ、と――。

一幡と小姫の二人を連れて逃げるのは難しいだろうと、母や三郎は言った。小姫はたとえ敵の手に落ちたとしても殺されることはない。いざとなれば、乳母に託して、鎌倉御所の北条政子のもとへ送り出すこともできる。

しかし、千幡と家督相続を争う一幡だけは、そういうわけにいかないのだ。だから、何としても若狭が連れ出し、遠くへ逃がさなければならなかった。

「これを持っていきなさい」

母はいつの間に用意していたのか、ひと振りの太刀を若狭に向けて差し出した。

「若君の守り刀を殿に渡したのでしょう。これは、その代わりにお持ちなさい」

若狭の目にも、由緒ある太刀であるように見えた。

「これは……」

「蜈蚣切です」

母は躊躇いなく告げた。

「俵藤太さまより受け継がれたという、あの蜈蚣切ですか」

伝承では、蜈蚣を倒した功績により竜宮へ招かれた俵藤太が、そこで譲り受けたという宝剣だ。子孫である比企家に伝えられたとは聞いていたが、今日に至るまで目にしたことのない刀である。

子供の頃、どれだけ見せてほしいと頼んでも見せてもらえなかった。もしや我が家に伝えられたというのは偽りではないのかと、若狭はかつて父の言葉を疑ったことがある。

「本当に、我が家にあったのですね」

敬虔《けいけん》な気持ちが胸の底から湧き上がってきた。父は騙し討ちにされはしたが、この刀剣に恥じぬ生き方をしたのだと思った。そして、今ここにいる者たちは、この剣に恥じぬように戦い抜こうとしている。

だが、そんな比企の象徴たる刀を、自分が持っていっていいのだろうかと、ふと躊躇いの気持ちが湧いた。

「我が家の血を受け継ぐ鎌倉殿に、殿はいずれ献上するおつもりでした」

と、母は言う。

「姉上がお持ちになり、若君にお渡しください」

三郎が言った。

「姉上ならこの刀で若君をお守りできるでしょう。何せ、昔っから、俵藤太の役しかやらない人だったんですからね」

いつの間にやら、三郎の傍らにいた弥四郎が、こんな時でも姉をからかう口ぶりで言う。

「次に、あの世で会った時には、あんたたちに俵藤太の役をやらせてあげるわ」

少女の頃の口ぶりで、若狭は弟たちに言った。

三郎の顔がかすかにゆがみ、弥四郎の顔が泣き笑いのようになる。それを胸に刻みつける間もなく、若狭は蜈蚣切を受け取った。

「私はお供をさせてくださいませ」

弾かれたように、津留が言う。

「ひたすら南へお逃げなさい」

と、母が最後に言った。御所は比企ヶ谷の北側にあり、そちらからの兵を避けるためには、ひとまず反対へ逃げるしかない。だが、その果てにあるのは由比ヶ浜の海原なので、どこかで道をそれなければならないが、今はそこまで考えたり相談したりする暇はなかった。

「武運を祈ります。母上もお気をつけて」

それだけを言い置き、若狭は蜈蚣切を津留に託すと、一幡の手を引いて走り出した。すぐ後ろに蜈蚣切を抱えた津留が続き、他にも幾人かの従者や女房が続くようである。だが、気配でそうと察しても、誰が付いてきているか、振り返って確かめる余裕はなかった。

館の前の石段を駆け下り、ひたすら南を目指す。

北の空から荒々しい怒号とどよめきが迫ってきていた。まるで、禍々《まがまが》しい化鳥《けちょう》が翼を広げて、比企ヶ谷全体にのしかかろうとしているようだ。

その羽搏《はばた》きから遠ざかることだけを考え、若狭はひたすら走り続けた。

四

どこへ行こうという当てもなく、ただ南へとばかり思って走っていたはずだが、いつから方角を見失っていたのだろう。海を見た覚えはないから、真南へ向かったわけではないようだ。

従者や女房たちとははぐれてしまった。一幡の乳母も見当たらず、蜈蚣切を預けた津留さえ姿が見えない。

我に返った時には、山中と思われる竹藪に、若狭と一幡は二人きりであった。すでに日は落ちており、辺りは薄暗くなっている。九月二日、月で方角を確かめようにも、すぐに沈んでしまう細い繊月《せんげつ》が見えるかどうか。

地平に近い空に目を凝らしても、何も見えなかった。あきらめて少し休むこととし、竹藪にうずくまっていると、やがて空に星が瞬き始めた。それを見ているうちに、気持ちが少しほぐれていく。

津留とはどこではぐれてしまったのだろう。蜈蚣切を手放さないでいてくれるだろうか。いざという時に落ち合う場所を決めておかなかったことが、今さらながら悔やまれた。

護身用の短剣があることを確かめ、若狭は気持ちを落ち着かせた。

取りあえず、比企ヶ谷を目指してきた軍勢の目からは逃れることができた。今しなければならないのは、ここがどこか確かめ、次に進む場所を決めることだ。そして、津留と再会するための知恵を絞らなくては——。

「参りましょう」

若狭は一幡を促し、立ち上がった。見晴らしのよい場所を求めてしばらく進むと、やがて山の中腹らしきところに出た。日のある頃ならともかく、今は人家の乏しい明かりくらいしか目印にならない。それもはっきりとは見えないのだが、前方が開《ひら》けているかどうかは分かった。深淵《しんえん》のごとき闇が茫々と広がっている方面はおそらく海であろう。とすると、鎌倉の町並みはあちらか——と思っていたら、その方角に火の手が上がった。

しばらく見つめていると、それは揺れ動きながら、次第に膨れ上がっていく。

(館が……比企ヶ谷が燃えている)

見えたのは不気味な炎だけだったが、そのことを若狭は確信していた。

館は敵に攻められ、落ちたのだ。やり場のない怒りと憎悪で胸が焼きただれる。

三郎と弥四郎は戦死したのだろうか。母や小姫は無事であろうか。

若狭は火炎に背を向け、反対側へ続く道を歩き出した。

「どこへ行くのですか」

手を引かれつつ、一幡が尋ねてくる。だが、どこへ行くという当てなどなく、今はあの炎の見える場所にいたくないだけだった。若狭は無言で歩き続けた。

　歩くうち、ただ心に任せて動くべきではないと、冷えた頭が考えた。ふと歩みを止め、先ほど分かった方角から今の場所を確認する。南を目指して逃げた自分たちが東か西寄りにずれたとして、比企ヶ谷の位置と海の位置から推し量るに、どうやら自分たちは西へ進んでいたようだ。

　その時、はたと分かった。ここは自分の知っている場所だ。足を運んだのはただ一度きりだが、落ち着いて思い出せば、きっと行き着けるはず。

「母上、どこへ行くのでございますか」

　一幡がもう一度尋ねてきた。

「そなたに、この世で最も美しいものを見せてあげましょう」

　若狭は微笑んで答えた。

「竜宮のお宝ですか」

　俵藤太の話でも思い出したのか、一幡はそんなふうに訊く。

「そうねえ。竜宮のお宝より美しいのではないかと、私は思っているわ」

　不思議と明るい声が出た。これ以上はない悲嘆の中に投げ捨てられ、明日の暮らしに何の望みも見出せないというのに。

　それでも今、あの美しいものをもう一度見られるならば――。

この世では、つらく悲しく醜いものを数多《あまた》見聞きし、自らの心にも宿してしまった。だから、せめて死ぬ前に、それらをすべて消し去れるほど清らかで美しいものを見たい。一幡にも見せてやりたい。この世にはこんなにも美しいものがあり、その美しいものを見せてくれたのはそなたの父なのだと教えてやりたかった。

やがて、見覚えのある御霊神社が現れ、若狭はここがあの星の井の近くだと確信した。ほどなくして懐かしい井桁が見えてきた。

星明かりを頼りに、ゆっくりと井桁に近付きながら、もう一度ここへ頼家と一緒に来たかったと、若狭は痛切に思っていた。

「美しいものとはこれですか」

井桁の前で立ち止まり、一幡が不思議そうに言う。

「美しいものはこの中にあるのですよ」

若狭は一幡には動かぬよう注意して、自分一人井戸の底をのぞき込んだ。目を凝らすうち、チカッと輝く光が見えた。

——若君。

若狭は心の中で、ここへ連れてきてくれた時の頼家に呼びかけた。

——よく来たな。

頼家の返事が井戸の奥から聞こえてくる。頼家はずっとここで自分が来るのを待っていたのではないかと、若狭は不思議な感覚に包まれた。

「母上」

一幡からの呼びかけで我に返り、若狭は身を起こした。

「そなたも中をのぞいてごらんなさい」

一幡の体をしっかりと抱きかかえて中をのぞかせると、ややあってから「あっ！」と明るい声が上がる。

「お星さまが見えました」

一幡の声が井戸の中に反響し、うわーんと広がった。

「どうして、井戸の中にお星さまが見えるんですか」

一幡は顔を上げると、空の星を見上げ、不思議そうに首をかしげている。

「どうしてかは私も知らないの。でも、この井戸は昔から星が見えるので、星の井とか、星月夜の井などと呼ばれているのですって」

この井戸に昔、頼家が連れてきてくれたのだと、若狭は一幡に語った。

「父上も一緒に来られたらよかったのに……」

一幡は残念そうに言う。

いいえ、父上は私たちと一緒にいてくださいますよ、と若狭は思わず言いそうになった。気のせいなどではないのかもしれない。今、御所で意識を失くしている頼家の魂は、この星の井まで自分たちを追いかけてきてくれたのではないか。

いっそ、二人してこの井戸に身を投げてしまおうか。ふとそう思った。他の皆とはぐれ、二人だけで逃げ切れるとも思えない。北条方の兵に捕らわれるくらいならば、いっそここで――。

若狭はもう一度、井戸の中をのぞき込んだ。

(私はどうしたらよいですか、若君)

胸の内で尋ねたが、どんな言葉も返ってこない。そして、不思議なことに井戸の中の星は、どれだけ目を凝らしても見えなくなってしまった。

その時、一幡が体を強張らせ、「母上……」と小声を上げた。人の声がする。

若狭は一幡の手を引き、声と反対の方へ走った。近くの竹藪の中に飛び込んで身を潜める。

一幡の体を強く抱き締めた。

探索の兵が現れたのだ。松明を持っている相手の位置ははっきりと見えた。

松明で付近を照らしながら、兵たちが行き来する間、身の縮むような時が続いた。星の井の辺りも調べているようだ。足跡がどうこう言う声が聞こえた時、心が凍りついた。

それから、いったん離れていった兵たちが舞い戻ってきて、若狭たちを発見するのに、長い時はかからなかった。

「何者かが潜んでいるぞ」

武士の荒っぽい声を聞き、ついに観念した。

「寄るな！」

一喝して立ち上がる。

「ここにおわすは、鎌倉殿の嫡子一幡君であるぞ」

もはや隠し立てはするまい。ごまかすのも哀れみを乞うのも、頼家や比企氏の恥になるだけだ。

「一幡君とは大手柄だ。ただちに北条殿のもとへ連れていかねばならん」

「安達の殿もお喜びだろう」

武士たちは勇み立っている。安達という言葉が耳に残った。

（安達弥九郎殿は……比企を見捨てられたのか）

若狭はひそかに臍《ほぞ》を噛んだ。安達家の当主である景盛は、丹後内侍の息子で、若狭の従兄である。比企氏の流れを汲んでいながら、景盛は比企ではなく北条に付いたのだ。その遠因となっているのは、おそらく頼家に妾を奪われたことであり、その際に政子が安達家を救ったことであろう。

「さて、一幡君を渡していただこうか」

迫りこようとする武士に、若狭はしばらく待てと命じた。だが、はやり立つ武士たちは聞き容れるそぶりも見せず、一幡を捕らえるべく身構えている。

「待てと申すのが分からぬのか」

若狭は一幡を背に庇い、武士たちの前に立ちはだかった。それさえ無視した武士の手が若狭の体にかけられようとしたその時――。

闇の中から現れた黒い塊が、横から武士に体当たりを食らわせた。不意を衝かれた相手がよろめきながら、数歩遠のく。

そこへ白刃が松明の火にきらめいた。

「津留っ！」

津留が現れ、蜈蚣切で男に切りつけたのだ。腕に怪我を負った男が怒号を上げた。

「こちらにおいでになると思いまして」

と、津留は蜈蚣切の切っ先を兵たちへ向けながら言う。

「私の御台さまと若君に、手など出させるものですか」

その言葉に、熱いものが込み上げてきた。この乳母は自分のために鬼子母神になってくれるのか。津留がこうしてそばにいて、守ってくれるのなら、自分は最後まで鎌倉殿の妻としてふさわしい威厳を保つことができるだろう。

「私たちは逃げたりせぬ」

若狭は護身用の短剣を取り出すと、鞘を払った。

武士たちの間に緊張が走ったが、女二人が剣を手にした今、無体を働こうとする者はいない。

若狭は一幡に目を戻した。立ち上がるように促してそれを待ち、ゆっくりと跪《ひざまず》いてから頭を下げる。

「母上！」

一幡が驚きの声を上げた。

「三代目鎌倉殿、源一幡さま」

「どうして母上が頭を下げられるのです」

「それは、あなたさまがこの国を統べる大将軍となるべきお方だからです」

昂然《こうぜん》と首を上げ、若狭は一幡を見据えて続けた。

「父上より八幡太郎義家《よしいえ》公の血を、母より藤原秀郷公の血を受け継ぐ鎌倉殿。あなたさまは真の武士とならねばなりませぬ」

「はいっ」

一幡は力強くうなずいた。若狭はおもむろにうなずき返す。それから間を置かず腰を上げると、我が子を抱き締めた。

（一幡よ、すまぬ）

若狭は心の中で詫びた。源氏の血に呪われた父の業と、鬼子母神となった母の業に、そなたを巻き込んでしまった……。

「何をするっ！」

武士たちの叫ぶ声がした時には、若狭の短剣は一幡の背に刺さっていた。

一幡は声も立てずに事切れた。若狭はすぐに短剣を引き抜くや、自らの首を搔《か》き切った。

「邪魔立ていたすな」

自分たちの最期を守ってくれる乳母の声が聞こえた。

だが、それも遠くから聞こえてくるようにかすかなものだ。いや、もう一つ別の声がどこからか聞こえてくる。

——手を取りてかまくら山をふたり行く　星月夜こそ……。

あれは、頼家が星の井で詠んでくれた歌。

もう一度だけ——。若狭は残る力のすべてを振り絞って、夜空を見つめた。

遠いあの日のように、美しい鎌倉の星月夜であった。

終　章

それから、十三年後の建保《けんぽう》四（一二一六）年一月。

今は亡き源頼家の娘で、十五歳になった鞠子《まりこ》が鶴岡八幡宮へ参拝した。

生母は滅亡した比企氏出身の若狭局で、二歳の時に亡くなっている。父の頼家は一年後、伊豆の修善寺《しゅぜんじ》に幽閉された後、北条氏の刺客によって謀殺された。鞠子は祖母である北条政子のもとで育てられ、両親の死にまつわるくわしい経緯は知らされていない。

この日、参道を進む鞠子の前に、一人の巫女が現れた。

「これは、貴い姫さま」

巫女は鞠子を待ち受けていたかのように、恭しい態度で挨拶する。

「姫君の行く手を遮るとは無礼であろう」

と、付き従っていた男が咎めたが、

「かまいません、大叔父さま」

と、鞠子は大らかな調子で男に言った。

「されど、姫」

鞠子から「大叔父」と呼ばれた北条時房が、苦い表情を向ける。しかし、鞠子はいっこうに気にするふうもなく、

「私に何の御用？」

と、巫女に気安く声をかけた。巫女は改まった様子で一礼する。

「姫さまは格別なお方。貴きお方と結ばれる御運をお持ちじゃ」

告げられた巫女の言葉に、鞠子はくすっと笑った。当たり前だわ、とでもいうように。

そして、

「私はねえ、巫女殿。前途よりも過去のことが知りたいの」

と、歌うような調子で鞠子は言った。

「私の父君と母君は、どうして亡くなられたのか」

「急に、何を言い出されるのです、姫」

巫女よりも先に口を開いたのは、時房であった。その口調には焦りがある。

「あら、私が父君と母君のことを知りたがってはいけないの？」

「……そういうことではありませぬ」

「では、どういうことなの」

苦り切った表情を浮かべつつも、時房はどうにか言葉を継いだ。

「得体の知れぬ下賤の者と、親しく口など利いてはなりませぬ」

「いやだわ、大叔父さまらしくもない」

鞠子は露骨に眉を顰めてみせた。

「お祖母《ばあ》さまみたいなことを言わないで。堅苦しいのは大嫌いよ」

「姫……」

たった十五歳の小娘に、すでに不惑を超えた大叔父が振り回される――というのはめずらしいことではなかった。そうして時房の口を封じると、鞠子はにっこりと大輪の花のような笑顔を向ける。

「大叔父さまに教えてあげる。本当に貴い者は、人を見下したりしないものなのよ」

勝ち誇ったように言った後、鞠子は再び巫女へと目を向けた。

「前途を読む力があるなら、過去を見通すのは容易いことではなくて？」

鞠子の目がじっと巫女の顔を見据える。

その時、ヒョーッという鳴き声がどこからともなく聞こえてきた。それに気を取られた一瞬後、鞠子の背後で数羽の鳩が一斉に飛び立っていった。急な羽音に驚いて振り返った鞠子は、つられたように鳩の飛跡を追う。

再び向き直った時、巫女の姿はその場になかった。

「あら、あの巫女殿は……？」

辺りを見回しながら小首をかしげる鞠子の傍らでは、時房がやれやれといった様子で、安堵の息を漏らしていた。

頼家の跡を継いで、三代目鎌倉殿となっていた実朝《さねとも》（千幡）が、鞠子の異母兄である公暁《くぎょう》に殺され、その公暁も討ち取られたのは、それから三年後のことであった。

これにより、源氏直系の男子はすべて死に絶える。源氏の血に降り積もった呪いは、女子と生まれた鞠子を除き、直系男子の命を非情に奪い取っていったのだった。

京から迎えられた四代目鎌倉殿、九条頼経《くじょうよりつね》の御台所となったのは鞠子である。かつて小御所と呼ばれた比企ヶ谷の館の跡地に、新たな御所を建てて暮らした鎌倉一貴い女人を、人は竹御所《たけのごしょ》と呼んだ。

【引用和歌】

我ひとりかまくら山を越え行けば　星月夜こそうれしかりけれ（京極関白家肥後『永久百首』）

解説

菊池　仁

　本との出会いで不思議な縁を感じることがある。デビュー作からひたすら追い続けている推しの作家がいるとする。旬を迎え一作ごとに磨きがかかり、進境著しいところを見せている。文章の力強さも増しているし、旺盛な筆力もある。そんな作者にかねてから挑戦して欲しいなと勝手に思いこんでいる題材がある。どんな仕上がりを見せるか、考えただけでも胸が躍る。

　驚いたのは待ち続けていた作品が目の前にあるのだ。比企一族の女性の視点から捉えた鎌倉幕府草創期の様相というのが、挑戦して欲しい題材であった。作者・篠綾子は、本書『星月夜の鬼子母神』で、その題材を自家薬籠中のものとして、豊潤かつ適度な苦みもある味わい深い人間ドラマに仕立て上げてきたのである。不思議な縁と表現したのはそのためである。説明がいる。

　作者は、一九九九年に第四回健友館文学賞を受賞した、その二年後に『春の夜の夢のごとく　新平家公達草紙』で単行本デビュー。二〇〇三年、「明日に楽す」で第二〇〇回新風舎出版賞（フィクション部門）奨励賞を受賞する。二〇〇五年には、短編「虚空の花」で第一二回九州さが大衆文学賞の佳作を受賞する等、幸先《さいさき》の良いスタートを切った。その後の活躍には目覚ましいものがある。目立つのは、歴史上の著名な女性を描いた人物伝記色の強い作品が多いことである。列挙すると、『山内一豊と千代』、『浅井三姉妹江姫繚乱《ごうひめりょうらん》』、『女人謙信』、『がらしあ　紅蓮《ぐれん》の聖女』などがある。これら一連の作品に一貫しているのは、戦国時代という男社会の熾烈《しれつ》な権力争いの中で生きた女性に焦点を当て、寄り添うような筆遣いで独自の人物像を刻んだことである。斬新な切り口に才能を窺《うかが》わせた。

これらの作品が発表されたのは、二〇〇五年から一五年の間である。特筆すべきことは、この間に平清盛の生涯を描いた三部作の大作『蒼龍《そうりゅう》の星』を書いていることである。この作品で史料を読み込み、深く理解した地点から物語のイメージを構築していくという独自の歴史小説のスタンスを身につけたと推測出来る。

そして、大きな転機が訪れるのは二〇一四年のことだ。飛躍の時と言った方が正確かもしれない。引き金となったのは、当時、出版の主流となっていた文庫書下ろしシリーズを初めて手掛けたことである。それが「更紗屋おりん雛形帖《ひながたちょう》」シリーズの第一巻『墨染の桜』である。一読して驚嘆したことを今でも鮮やかに記憶している。

理由の第一は、市井人情ものに作者ならではの工夫を加えていたことである。一九九〇年代後半からひたすらシリーズものを追いかけてきた。文庫の持つ利便性と時代小説が本来持っていた大衆性を考えれば、シリーズものが主流になると予測していたからである。予測通り新たな書き手の発掘が積極的に行われ、書く場が減っていた中堅作家によるエンターテイメント作品の開拓が試みられたことなどにより、マーケットは拡大し、定着した。ところが出版が売れ筋の市井人情ものに集中し、同質化競争が起こっていた。そこへの新規参入となれば、新機軸を打ち出さねばならない。それが市井人情ものの核となる職業ものを起爆剤として、歴史小説で培ってきた武器の投入である。もう一つ仕掛けを施している。知的なエンターテイメント作品を書くことに照準を合わせていたことである。

これが画期的な成功となり、二〇一七年に第六回歴史時代作家クラブ文学賞のシリーズ賞を受賞。以降、「代筆屋おいち」、「江戸菓子舗照月堂」、「絵草紙屋万葉堂」、「万葉集歌解き譚《たん》」、「小烏《こがらす》神社奇譚」などの人気シリーズを連発し、有力な書き手として期待されている。

一方、単行本も充実著しい。この間に『白蓮《びやくれん》の阿修羅』、『紫式部の娘。賢子《かたこ》がまいる！』、『紫式部の娘。賢子はとまらない！』、『青山に在り』、『酔芙蓉《すいふよう》』、『天穹《てんきゆう》の船』を発表している。題材の選定、時代の捉え方、描き方、人物造形の面で確実に成熟しつつあることを示している。『青山に在り』が新生第一回日本歴史時代作家協会賞のメインである作品賞を受賞していることを見てもわかる。旬の作家という表現がピッタリなのだ。

実は、列記した作品の中にあえて入れていない作品が二作ある。二〇〇五年に発表した『義経と郷姫《さとひめ》　悲恋柚香菊《ゆうがぎく》河越御前物語』と、二〇一四年に発表した『武蔵野燃ゆ　比企・畠山・河越氏の興亡』である。郷姫は義経の正妻で、河越重頼と頼朝の乳母・比企尼の娘・朝子（河越尼・頼家の乳母）の娘である。つまり、比企一族である。鎌倉幕府草創期の前史的色彩を持っている。『武蔵野燃ゆ』は「比企・畠山・河越氏の興亡」という副題の通り、鎌倉幕府草創期の需要人物たちを描いた希少価値の高い作品である。特に比企一族を真正面から捉えたところが印象的であった。

「あとがきに代えて」の中で作者は、〈いずれ武蔵武士と彼らに関わる女性たちの大河歴史ロマンを書きたいという構想を抱いた。〉と記している。郷姫の生き様とあとがきが共鳴し、作者に是非、書いて欲しいと勝手に思い込んでいたわけである。

以上を前提として本書に話を進めよう。読みどころを紹介する。

第一は、物語を紡ぎだす重要な役割として〈初恋貫徹物語〉を設定した点にある。冒頭の場面に注目して欲しい。ヒロイン・早苗が鎌倉の若宮大路を好奇心旺盛な少女らしく闊歩《かっぽ》する姿を描いている。そこへ現れた巫女《みこ》が意味深長な言葉を残して去る。

「おや。これは、特異な宿世の姫さまがおいでなされた」

「姫さまは格別なお方。貴きお方と結ばれる御運をお持ちじゃ」

「もし女のお子をお産みになれば、その子はやはり貴きお方の妻となるであろう。もし男のお子をお産みになれば……」

この巫女の予言が〈初恋貫徹物語〉の悲運の縁取りとなる。読者を物語に引き込む絶妙な仕掛けと言える。その〈初恋貫徹物語〉を面白くするための場面作りには欠かせぬことが二つある。一つは出会いで、巧みな布石を打っている。俵藤太の逸話を万寿（源頼家）たちと役割を決めて遊ぶエピソードは微笑《ほほえ》ましい限りである。作者が子供時代から筆を起こした理由が込められている。特に、無邪気で活発で好奇心の強い早苗の人物造形は、本書の空気感を支える大事なカギとなる役割を担っている。前掲の『紫式部の娘。賢子がまいる！』で作者は、ヒロインに明朗な造形を施し、軽妙なタッチで描くという資質を垣間見せた。その資質が巧みに生かされているのがわかる。

二つ目は、二人がお互いに好意を持っていることを知る場面の描き方である。作者は取って置きの場面を用意している。頼家が若狭（早苗）を呼び出して星の井戸を見せる場面である。

「でも、夢か幻かと思える竜宮のような所で、心に沁《し》みる歌でも詠んでもらえたら、その人のこと、好きになってしまうかもしれないわね」

そう思っている若狭のために頼家が苦心して作った舞台装置である。

手を取りてかまくら山をふたり行く　星月夜こそあはれなりけり

頼家は慣れない和歌まで用意していた。洞察力があり、思いやりもある若狭と、世間知らずで不器用な頼家の心が寄り添っていく過程を鮮やかな筆致で切り取って見せた。和歌は時代の空気と情景を醸し出す格好の装置となりうる。言葉を換えれば感情移入しやすい回路として作用する。なぜなら、登場人物の内面をわかりやすい表現で描くということは、最高の情景を用意し、それをどれだけ登場人物の心象風景と同化させるかにかかってくるからである。和歌の効用を知悉《ちしつ》している作者の独擅場《どくせんじょう》である。

しかし、次の五章「鎌倉殿急逝」から物語は転調する。いわば四章「星の井の恋」は、若狭と頼家にとって、最も幸せなひと時であったといえよう。これ以降、鎌倉の町は日常茶飯事の如《ごと》く繰り出される権謀術策で血塗られていくわけだから。

読みどころの第二は、比企一族の女性たちの生き様である。鎌倉幕府草創期を題材として小説を書く場合、クリアーすべき課題がある。第一は、古代もの、室町ものと並んで売れないという現実である。第二は、永井路子《みちこ》の『炎環』、『北条政子』という大傑作があり、鉄壁の牙城となっていることだ。ところがここへきて、二〇二二年のNHK大河ドラマが鎌倉幕府草創期を扱った「鎌倉殿の13人」に決定。必然的に世の関心は高まる。作者は比企一族の命運に〈歴史ロマン〉というスタイルで挑戦したいと思い続けてきた。長年にわたって温めてきたという強みもある。機は熟したといえる。

二章「義経始末と河越尼」は、そんな作者の強い思いが伝わってくる。なぜならデビュー二作目『義経と郷姫』でスポットを当てた郷姫を、母・河越尼の視点から捉え直している。郷姫の悲劇性がより深く濃く伝わってくる。ここに作者が目指す〈歴史ロマン〉の一端がある。

本書の持つ魅力の核となることなので、この点をもう少し詳しく述べよう。作者は、すでにデビュー作『春の夜の夢のごとく』から題材に対する独自の手法を持っていた。『平家公達草紙』は、公達としての平家一門の華やかな日々を断片的に追憶したもので、欠落部分も多く、作者不詳だが藤原隆房という説もある。作者は、欠落部分を想像力で埋めることで新たな物語の創出が可能になると考えた。そこで、作者といわれている隆房を語り手として再構築する手法を採った。公達を布石に隆盛期の平家と時代が炙《あぶ》り出されている。新人とは思えない着想の鋭さと、筆力に驚かされた。隆房は『酔芙蓉』(二〇一九年)の主人公として再び蘇《よみがえ》っている。

話を元に戻すと『義経と郷姫』ではその手法はさらに明確なものになっていく。ポイントの第一は、義経の正妻でありながら静御前という大輪の花の陰に隠れた感のある郷御前を掘り起こした着眼の鋭さ。第二は、頼朝の政略の犠牲となり、畠山重忠との初恋が破れるというフィクションをブレンドすることで物語を豊かなものにしたこと。第三は、副題に添えられた〈柚香菊〉の芳香を郷姫や義経をはじめ非業の死を遂げた人々の生き様の象徴とすることで、物語を包み込んだこと。

これらのポイントは、作者の小説作法として成熟していく。『白蓮の阿修羅』（二〇一五年）を読むとよくわかる。詳しい説明は避けるが、光明皇后の異母姉妹である藤原長《なが》蛾《こ》子《こ》について「あとがき」で次のように記している。

〈ただ、誰の娘で、誰の妻で、誰の母である——というだけの足跡しか歴史に残さなかった長蛾子だが、彼女の人生がそれだけだったとは思えない〉

要するに本書は、比企一族の女性たちの人生が、歴史書に記された〈それだけだったとは思えない〉を起点に、独自の小説作法を駆使して紡ぎあげたものなのである。それがストレートに反映されているのが河越尼と郷姫のエピソードというわけである。

特筆すべきことは、河越尼が義経と郷姫の縁談を強引に進めた頼朝の真の狙いに気付く場面である。この流れは、三章「範頼始末と丹後内侍」の丹後内侍を襲う悲劇を生むことになる。作者は、頼朝の人物解釈に鋭いメスを入れることで、鎌倉幕府草創期の暗部を映し出す。このメスは五章以降、謀略を駆使して比企一族をはじめとした坂東武士を族滅していく北条一族にも向けられていく。

この歴史の激流を二代将軍になった頼家と若狭局がどう生きたのか。比企能員の最期をどう描いたのか。この二つのエピソードが、後半のメイン・イベントで、第三の読みどころとなっている。

血塗られた町と化した鎌倉にはいまだに怨霊が出るといわれている。本書を読みながら誰の怨霊が出るか、想像してください。楽しみが増えます。

（きくち・めぐみ　書評家）

本書は、集英社文庫のために書き下ろされた作品です。

編集協力　遊子堂

本文デザイン　篠田直樹（ｂｒｉｇｈｔ　ｌｉｇｈｔ）

篠綾子の本

桜小町　宮中の花

仁明天皇の更衣・小野小町は類まれな美貌と華やかさをもつ「宮中の花」として、陰謀渦まく世界を力強く生き抜いた。史実では描けない彼女の真の姿に迫る傑作歴史巨編！

集英社文庫

篠綾子の本

あかね紫

紫式部の娘で仕事が出来る賢子・恋多き小式部・こじらせ女子の中将。時の権力者・藤原道長から密命があり……。宮中でのライバル同士、ドタバタ三人娘が駆け回る歴史時代小説。

集英社文庫

集英社文庫

星月夜《ほしつきよ》の鬼子母神《きしぼじん》

2021年10月25日　第1刷　　定価はカバーに表示してあります。

著　者　篠《しの》　綾子《あやこ》
発行者　徳永　真
発行所　株式会社　集英社
東京都千代田区一ツ橋2-5-10　〒101-8050
電話　【編集部】03-3230-6095
【読者係】03-3230-6080
【販売部】03-3230-6393(書店専用)
印　刷　株式会社広済堂ネクスト
製　本　株式会社広済堂ネクスト

フォーマットデザイン　アリヤマデザインストア　　マークデザイン　居山浩二

ISBN978-4-08-744313-4 C0193